月影

廖輝英 著

增訂新版

編者的話：

百年台灣的女性剪影

上世紀八零年代，廖輝英以《油麻菜籽》與《不歸路》在文壇漂亮登場，兩部小說也預告了小說家日後兩條創作主線：傳統與都會。

身為女性主義創作者，廖輝英最關心的當然是女性的處境，循著歷史的軌跡，她尋找女性生命中宿命與非宿命的切入點，並從中演繹生命存在的意義，也因此有了「老台灣四部曲」：《輾轉紅蓮》、《負君千行淚》、《相逢一笑宮前町》和《月影》，細細譜繪台灣阿嬤群像。

這系列作品設定在日據台灣時期，廖輝英花了五年的時間做田野調查，諸如當時女子的耳飾衣裳、日據時代的配給、牛墟的情況、學制問題、養鰻場、養女制度、唐山過台灣的羅漢腳奮鬥歷程、二二八受難者的家屬真實生活、查某間（妓女戶）、療養院等等，均做了最詳實的考據。從舊台北的大稻埕、艋舺、大龍峒，當時台灣女子受教的第三高女、總督府療養院，到老台中的葫蘆墩等，隨著故事，舊日台灣生活群像，賣布，做醬油，搖鈴鼓的賣貨郎，由大戶人家到販夫走卒，老台灣生活的浮世繪次第展開。

對傳統女性，廖輝英是寄予同情的，在家從父，出嫁從夫，情感問題依附著經濟面，也就是生存的問題，當她們失去男性的倚恃，大部分人只能像生命的散兵游勇，不知為何而戰？有什麼可戰？但也有些女性展現女性的韌性，在威權的龐大陰影中，見縫插針，一步步挺過來。

「老台灣四部曲」書寫的正是這類的女性，嚴酷的大環境（二次大戰殖民地台灣無可奈何的悲情）、悲慘的小環境（童養媳、養女、罹患重病的富家女、丈夫心繫他人的先生娘）、所遇非人的不淑人生，還有戰爭帶來的生離死別。種種磨難，紛至沓來，成就了一段段曲折感人的生命歷程。

韌性，堅毅，秀美，正是百年台灣的女性剪影。

1

子夜十二點剛過不久，整座校園的西部大半邊一片闃黑，教室及運動場沉睡已久。只有偏促東邊的ㄩ字形四幢學生宿舍：南寮、東寮、西寮及巽寮，廊下尚亮著寥寥可數的數盞燈光，在寒夜微弱孤寂的高懸著。

突然，校園南邊，和「壽」國民小學相隔的圍牆上，翻過來一條黑影！落地之後，黑影迅快掃了四周一眼，隨即以俯伏上半身的半蹲踞狀態，向最近距離的巽寮低竄而去。

約莫三五分鐘之後，巽寮宿舍中，突然傳出一陣尖銳拔高的女音驚恐叫聲：

「賊——有賊呀——賊——」

隨著叫聲，巽寮中先是一間，繼而兩間、三間……接著整幢巽寮，以及鄰近的西寮、東寮，陸陸續續都有人驚醒！

在這一片混亂開始之前，那黑影老早就飛快自闖入的宿舍中奪門而出，遁入黑暗的校園之中。

驚惶中傾巢而出的學生，在廊下議論紛紛。有的人披上和式睡袍才跑出宿舍，有些卻連睡袍也來不及穿就奪門而出。大家餘悸猶存的以日語議論紛紛。

「真的是小偷嗎？」
「在巽寮東美様她們那一間……」
「偷走了什麼？」
「誰發現的？」
「今田舍監長在不在學校裡？有沒有人去報警？」
這時，位於東寮與西寮間的舍監室，大門打開，走出了一位年約四十餘的女老師模樣，向聚集在旁的學生群低聲而焦急的喝問：
「小偷是嗎？有沒有什麼損失？人員和財物方面……」
「上篠先生，是巽寮方面發生事故，被發現之後，小偷跑入黑暗的校園之中。」
「有人去叫守衛的木村先生嗎？」被喚做上篠先生的中年女士，指了指不遠處站立著面向這邊的高年級女生說：「小林，妳去通知木村先生，我，我打電話報警——對了，叫木村先生打開燈火，也許小偷藏匿在某處也說不定。大家不要慌，不要離開寢室走廊。」
上篠言罷，轉身進舍監室去了。
這時，整個宿舍區的人仍一簇一簇的站立在房間外，止不住的討論、問詢和驚惶不定。
年紀已經不小的守衛木村先生，帶著他的木劍匆匆自門房處，跟著被喚作小林的女生跑向舍監室這邊來。所有的住宿生全知道，木村先生雖已年邁，卻是此時此地台北州立台北第三高等女學校寄宿生宿舍中，眾多女流間唯一的男性！

木村先生站在舍監室門外，和今日輪值的女舍監上篠先生簡單的對話了幾句，便握著木棍，開始繞著東寮往南寮的宿舍廊外「巡視」去了。

此時騷動的學生群並未安靜下來，大家目視著依舊漆黑的運動場和背影有些龍鍾的木村先生，止不住憂心忡忡的更加竊竊私語。

「如果真的遭遇上了，木村先生……木村先生和他的木劍管用嗎？」

「或許外面的人知道我們學寮內只有老弱婦孺，才會敢侵入吧？」

「……既是如此，以後不是會繼續發生這種事故？」

「瑞美樣，請不要再講這種可怕的話！妳看，七巧樣已經嚇得快暈倒了。」

說話的是橫棟宿舍中一群和其他女學生一般，站在廊外觀看與交談的幾位女生。其中一位修長苗條、膚色特白的女生，倚在宿舍門邊，一副弱不禁風、搖搖欲墜的樣子，顯然她就是室友口中的名喚七巧的女孩了。

那叫瑞美的女孩，不服氣的反駁室友的指摘：

「這是事實嘛。不過，七巧樣不用太憂心，我們住在中間，小偷進來，會從壽國民小學或校門那邊的圍牆翻進，首當其衝的是巽寮和南寮，我們可以放心啦。」

「楓樣說得不錯，我們後面雖然也毗連外面馬路，但守衛室設在那裡，小偷不會冒險啦，除非是個笨蛋。」

「警察來了！沒問題啦！」

兩名警員來到校園之後，和上篠舍監作了必要的交談，旋即分頭由上篠先生及守衛木村先生帶頭，分從兩邊對校園作地毯式的搜索。

而在此之前，住在四幢兩層木造宿舍中的寄宿生，被要求全數進入寢室休息。

學生們餘悸猶存，不十分放心的魚貫進入自己的寢室，一時之間，雜沓的腳步聲響徹校園。

進入東寮七室的八個女生，摸黑回到床鋪。只聽其中一個先前發話指責「瑞美」、形似那群女生的頭頭的，開口催促大家：

「快睡吧，這一鬧都半夜一點了，明早五點半又得起床做早操，大家都會打瞌睡。」

「不曉得學寮管理這麼嚴格，下學年一開始，我還是通勤好了，橫豎也差不多是五點半起床。」冒失的瑞美嘀咕抱怨著。

「開玩笑！從桃仔園通學，不得走一夜？」玉楓家住新竹，每次回家，紅線普通車都會經過桃園。「下了火車，還得走很長一段路吧？瑞美！」

「所以我才需要五點半起床呀。」

「好了，好了，別再說話，不然明天大家都起不來。」室長百合大聲下了禁令，緊接著打了個大哈欠。

正當大家都靜下來的時候，一個怯怯的聲音遲疑的自靠門處響起：

「百合姊，我……我不敢睡門口這邊，是不是可以讓我……和妳對換一下？我，我真的……害怕極了！」

「七巧樣真是沒膽子，我和妳換好了。」瑞美大方的回答，而且劍及履及，抱了自己的被褥坐了起來：「我的位置在中間，這下妳可以放心了，比百合姊的位置更安全。」

「瑞美樣，真是謝謝妳。」

名喚七巧的女孩，有張蒼白小巧的臉，配上纖瘦修長的身子，看來有點弱不禁風。她現在是第三高女三年級的學生。

換了位置的七巧和瑞美剛剛安置好，後者又說話了：

「其實，學校應該發給每間寢室兩三根木棍或木劍才對，既然都女孩，就只有拿木劍自衛了，不能指望別人來幫忙。」

室長百合一聽，即刻輕斥道：

「瑞美，妳不說話，人家不會誤認妳是啞巴！妳明知七巧已嚇得那樣，妳還不停的說、說、說！」

「可我說的是實情呀！上個月小偷也光顧一次，學校裡只靠木村那老先生是不行的，我們一定要有自衛的力量。」瑞美不服氣的抬聲說著。

此時睡在瑞美旁邊的玉楓也出言聲援瑞美：

「百合前輩，瑞美說得有理，我覺得應該向校方建議。」

百合沉默了一下，這才勉為其難的回答：

「好吧，我會向上篠先生建議。不過，此時此刻，人家還是該以睡覺為第一優先吧。」

次日一早，照例是五時三十分起床。

盥洗刷牙時，大眾不知不覺又議論起昨夜的驚魂經驗。

「這樣的守衛是不行的，要嘛該養幾隻警犬。」

「一個月之內光顧兩次，這小偷也真是笨，學校宿舍有什麼好偷的？」

玉楓在洗完臉後進寢室時，看到正在梳頭的七巧，她有點訝然的說道：

「七巧樣，妳臉色真難看，不要緊吧？」

七巧無奈的笑笑，說：

「昨晚那一鬧，我下半夜全沒睡……不要緊的，全因失眠，我這人就是神經質。」

「也不能請假……」

「今天辛苦一點，熬過去就算了。」

說話間，室友們陸陸續續回來，大家著手換上深黑藍色的圓領上衣和同色褶裙的冬天制服，便開始做晨間掃除的工作。

這是寄宿生每日例行的日課表。

早餐前，固定要誦念反省感謝的歌詞，然後才能進餐。食物無論如何難以下嚥，或身體縱有不適，亦不能將飯菜剩下。

餐畢才是朝會。

學生們聚集在校園的東隅砂石地上，唱頌由師長題詞的仮曉天念願仔詩，而後再面向東京帝都所在，向天皇遙拜，這才揭開一天上課的序幕。

幾天後，校方果然購置了若干木棍，每間寢室派給數支，以作防衛宵小之用。但發給木棍，非僅未曾安定翁七巧的精神狀態，反倒令其更加惴惴不安。若不是家中後母滿枝視她如眼中釘，她不會一氣之下，遠自台中跑到台北來就讀第三高女，也就不必寄宿在學校宿舍了。台中許多女孩子，都是就近報考彰化高女的，很少人像她一樣，隻身跑到台北，而她就為了和父親賭一口氣，也不願聽她後母天天攛掇父親，就這樣孤獨的上了台北。

七巧的書讀得原就不錯，公學校五年級時後母進門，她就更發憤躲在書堆中，而於次年考上第三高女。

後母滿枝原不贊成七巧再去讀什麼高女，但公學校畢業的女孩子畢竟仍然太小，無法攆她出去嫁人。與其每天在家和七巧「犀牛照角」眼對眼，不如放她去台北，每個月十三元的學校住宿費，是比她在家的生活花費要高些，但是，滿枝另有想法。

七巧的父親翁千田，雖是先後娶了兩任妻子，卻獨獨只出一女，滿枝嫁來亦無所出，所以七巧自然成了千田的命根子，有機會將他父女分隔開來，未始不是一件好事。何況，真要反對千田讓七巧讀書，也不一定反對得成。

千田人如其名，名下真有不少田產。既是有錢，又只得一女，將來自然只得將財產田業留給七巧，因此，七巧就不能是個軟腳蝦，受教育見見世面，不管招婿、嫁夫或掌理家業，只有好沒有壞。因此，滿枝即使囉嗦，千田也不會在這點上讓步，滿枝因之而樂得作個不討厭的人不出言反對。

何況，七巧讀的是台北州立第三高等女學校，一年只有三個學期中的三次放假日：七月十一至八月底、十二月二十八日到次年的元月五日，以及三月二十日到三月三十一日可以回家小住而已。比起彰化高女每週都可返家，的確好太多了，滿枝也就因此沒有太多這方面可以煩心的事。

學校屢遭小偷，七巧打心底就不安，然而她也知自己沒有退路，台北又無親無戚可以依靠，自然只有忍耐。

好不容易念到高女三年級，再過一年就可畢業。日本社會中，高年級生享盡優勢的傳統，的確讓她這幾年吃足苦頭。然而，終於也熬到三年級了。唯一比她優勢的上級生只有高女四年級而已。七巧慢慢也適應了這種日子，當然，如果沒有小偷侵入這種事就更理想了。

這一日，學校一年一度大規模的為學生作結核菌素（Tuberculin）檢驗。每位學生都必須接受手臂注射，以測驗結核菌素反應（Tuberculin reaction），在三、四天後觀察皮膚的反應顏色和大小，初步篩檢出疑似結核病患的學生。一般而言，十至十九毫米大的即為陽性反應。

第三高女與台北病院雖都同在西門町，但走起來卻有一段距離。只是這是中等學校以上每年必需的檢查，所以學校往往不厭其煩。

幾天之後，注射過後的手臂出現相當明顯的暗紅色凸斑。

由於和同班及同寢室的同學，反應顯有不同，因之翁七巧不知不覺便憂心忡忡。

手臂上同樣有著相當程度大小的黑紅斑塊反應的玉楓，安慰七巧說：

「放心，雖是陽性反應，不過並不表示就有肺結核，不信妳去看看妳們班上同學，起碼有四分之一以上的人都有紅斑。」

「是有一些人有反應，不過，人數並不太多，會不會……」七巧憂心的說著。

「反正還要做X光片檢查，要煩惱等到那時才煩惱吧。」玉楓麻利痛快的答著：「現在煩惱，不等於白白煩惱？多不值得！」

沒五、六天工夫，七巧、玉楓及為數大約為全校同學的四分之一到三分之一左右的同學，一起又到台北病院作了X光片檢查。

在等待之中，七巧收到父親翁千田來信。信是寄到學校宿舍「誠之齋」的，照例都經過檢查。

信只是一般報平安和問訊的內容，一月五日放假結束回到學校時，七巧寫過一封報平安的信回家，千田這封信大約也有回信的意思吧。

這封很平常的信，卻意外在七巧心中引起某種程度的騷動。如果真的罹患肺病，父親會不顧後母反對，讓自己回到家鄉調養嗎？如果不，自己又將如何是好？只剩一年多的學業，是不是可以繼續完成？

只要一想到這些事，七巧心中便無法平靜。而這想法，隨著等待天數的累積，一天強過一天，幾乎是所有閒下來的時間，現在甚至連上課時，這些害怕的念頭，都會意外竄入腦際，令人措手不及。

由於內向的個性，不太向他人提及，因之七巧不知不覺就有點流於自傷。

但是，像肺結核應有的症狀，如發燒、咯血、胸痛、有痰等現象，她一點兒也不曾出現過，所以理該不會那麼倒楣吧？

七巧不時又回頭來安慰自己。

十多天中，她的心境就如此來來回回起伏著。

咳嗽偶然難免，不過，感冒時，或會咳嗽，如果將咳嗽驟爾認定就是肺結核，那也未免杯弓蛇影太過緊張。

每當這種心情不定的時候，七巧就特別懷念起她已逝的生母。

雖然記憶中，她母親一直纏綿病榻，但生身母親畢竟是生身母親，娘親在不在，直接關係到家是否成家的關鍵。

母親過世後，她又北上讀書，每年只有三次短暫的假期，回到後母當家的「家」，家，真的也不成家了。

如果真要回家休養，她後母會答應嗎？

七巧煩惱的想著。

大正十五年，一位十七歲的在學少女，正為著未可知的或可能有的事情獨自煩憂著。這種煩憂，既非關係著身家性命的嚴重，但也並非如傷春悲秋一般無關緊要。

正如她此時此刻的身分，十七歲，卻在學，不像當時許多及笄少女，在家庭的作主下，也走入自己當家的家庭。然而，她也並非全然無憂無慮的過著純潔的學子生涯，特殊的家庭因素，使她比別人多愁善感了一些。

幾日之後，X光片拍攝結果出來，全校五百多名學生中，罹染肺結核而有傳染之虞，必須強制休學的共有六名，翁七巧正是其中之一。

校方為了慎重起見，特別又安排了這六名學生讓醫師作最後的聽診，這才確定了休學的安排。

七巧淚眼漣漣的在宿舍內收拾行李。同室室友紛紛好心的安慰著她。

「暫時休學，等病養好再復學，最多就慢個一兩年，根本無傷。」

「是啊，肺病是富貴病，只要吃好、休息夠、抵抗力增強，病就相對的會減輕。妳家境不錯，生這個病不用操心，若是窮人家就慘了。」

七巧並未將後母的事跟大家講，如今箭在弦上，似乎也不用講這些五四三的事了。

因為心情太沉黯的關係，所以七巧買了綠線二等車，希望儘快回家探探事情的真相。如果後母太反對，她自有打算，反正學校曾給她指點了一個休養的地方，她總還不致走投無路。

翁家位在台中新富町一丁目，就在市場邊緣地帶。

翁千田自己不曾做任何營生，倒是將住家外面的坎腳，長年租借給一年約三十、始終未娶的羅漢腳林本然賣布。

那林本然瘦瘦矮矮，一副精明厲害的模樣，十八、九歲時，獨個兒離鄉背井，自唐山渡海來此，原先大約做過其他營生，自租借翁千田住處外賣布，少說也有六、七年了。

這林本然雖然不擅言詞，但人與人之間應對的禮數，他自來不缺。這人祖籍泉州，講一口腔調特重的閩南語，為了時勢與生意，又練就一口沒有文法與正音可言的日語。然則這兩種語言工具，由於特別和滑稽，反倒縮短了那因他略帶陰鷙的外表而造成的人際距離。因此，他賣布的生意雖非甚好，但也差強人意，當可在餬口之餘存點小錢。

這林本然因有了一些年紀猶是孤家寡人，有那上了年紀的婦道人家，經常在買布時半是好奇半玩笑的探問虛實：

「賣布然仔，你年紀也不小了，怎不趕緊討房妻室？」

林本然慣例是笑笑。若是被逼急了，他也有說辭：

「嫂仔啊，但凡這款事是急不得的，要有緣分啊。」

「緣分緣分，若是慢慢拖，將來父老囝仔幼，你可得拖磨到叫天天不應，叫地地不靈啊。」

林本然自來亦只有繼續呵呵傻笑數聲而已。尋常買賣的客人，很難看出他心裡想些什麼。不獨這事，其他事情，林本然的應對態度一逕如此保持距離，諱莫如深，所以旁人也就無法再更深一層的探測下去了。

這日七巧回台中自宅，已近黃昏。

她手上提了個小小的、漆成黑色的木製衣箱，裡面只有她兩套冬季制服及兩件夏天白色上衣制服，一套樸素的外出洋裝、幾件內衣褲和一些書籍課本而已。

而她身上那襲灰呢兩件式衣裙，此時因年來抽長的身段而稍嫌太小，穿在身上有種靦腆與羞怯的，一點也不理直氣壯的感覺。

七巧行近自家，乍然與騎樓上正閒著的林本然打了照面，後者露出驚訝的表情，很自然就開口問道：

「怎麼這款時間回來？」

七巧正怕人家問起，略低了低頭，支支吾吾潦草答道：

「有點事……」

隨即低頭很快繞過布攤，到了自家門上，騰出右手要去拉那木板門扉。

不想那門扉下的輪軸有點生鏽，七巧單手又兼欠了點力氣，正自卡在那裡，拉它不動。

「我來，我來。」

林本然眼明手快，一個箭步就到了門扉處，先將門往前一拍，再順勢向後一拉，門「嘎——嘎——」一咬著下面的輪子應聲而開。

七巧低低道了聲謝，向那自她還是孩提時代就來租用自宅坎腳做生意的，看來一直就是這等年紀的男人略略頷首，就跨進門檻，隨即又回身放下木箱，重新再將門拉上。

翁家本來是典型台灣式建築：光廳暗房，客廳若是敞開大門，自然光線充足，而長長的宅屋，因為沒有設窗，所以十分昏暗，此時大門又是拉上，唯一的光源被阻擋在外，整座屋子便顯得黑漆漆的。

七巧在黑暗中佇立良久，頭有些暈眩，人也十分緊張。

有一小段日子未曾返家，父親信中雖寫著他和後母都十分惦記著她，然而七巧知道那全然只是父親個人善意的謊言，後母根本恨不得沒她這個人才好。

現在，她在來不及寫信或用任何方式通知的狀況下貿然回家，而且馬上就要面對父親和後母了，真不知情況會是如何？她要如何開口？

後母又會拿出什麼樣的嘴臉？

七巧讓自己適應了一會黑暗，這才重新拎起箱子，一步步摸黑穿過廳堂，循著屋後天井露出來的天光走去。

屋子裡的燈火不曾點亮，七巧慢慢行經弄堂，猜測父親正和後母待在後進。翁家向來開飯很早，或許此時正在用餐吧。

猜測間，七巧走到後進，只見她父親和後母，側身斜斜對坐著，兩人都抽著自捲的菸絲，閒閒的，似乎無所事事的耗在冬日的黃昏裡。

半邊臉對著外面弄堂的後母李氏滿枝，此時終於瞥見像幽靈般站在那裡的七巧。伊似乎吃了一驚，即刻拔高聲音說道：

「哎呀！怎的像個貼壁鬼，一聲不響的站在那裡？」

千田疑惑的皺起眉頭問道：

「妳說的什麼？」

滿枝拿菸的手望七巧一指，努著嘴告訴千田：

「那不是你千思萬念的千金萬金？」

千田一聽，立即回過頭，一見是七巧，即刻站起：

「怎的是妳？這時候回家，沒一封信……」

千田走向前去，接了七巧手中的木箱，又問：

「搭幾時的車？累壞了吧？」

七巧囁囁嚅嚅的答非所問：

「事情很突然，來不及……通知就回來了。」

千田雖覺女兒不會平白無故突然跑回家來，但她人好好的，沒什麼傷損，因此他也不急，只說：

「自己的家，回來就好。」

滿枝雖是不悅，但也不願顯得自己量窄，因此再次拔高聲音，對著在天井邊廚房的方向喊著：

「春江嫂，七巧回來了，多煮一人份的飯。」

「七巧回來？知道囉。」春江嫂聲洪氣壯的隔著天井呼喊過來，聲音令七巧壯了點膽子——家裡起碼有兩個人歡迎她回來呀。

「先喝杯茶，冷地裡進來，暖暖胃腸。」千田自茶盤上翻過來一個粗陶杯，將茶壺裡的茶注入杯中，推到七巧面前：「剛剛才沏的茶，剛剛出味。」

七巧聽話的端起茶杯，輕輕啜飲一口。

「學校沒有放假，怎地此時回來？還是明日休息？」

七巧捏著茶杯，略略遲疑一下，才說：

「是休學。休學回來。」

千田吃了一驚，冷不防聲量就大起來：

「什麼原因休學？好好的，突然就——妳做了什麼？發生什麼事？」

七巧吃這一吼，眼淚不知不覺就滾了下來，無限委屈的說道：

「是……學校帶到醫院檢查，說是……肺病……」

「什麼？肺病！」現在，吃驚的人換成滿枝了，她將紙菸捻熄，用一種害怕又厭惡的眼光看著七巧：「會不會……檢查確定了？」

「也沒有什麼特別的症狀，醫生說很輕微，只要陽光和空氣充足，營養好，休養一陣子就會好了，到時再回去上課。」七巧急促的解釋，後母的表情她一眼就看到了，所以她必須趕快解釋。

「那什麼肺病的，不是會咯血？」滿枝疑懼滿臉的說著：「我小時候看過一個鄰居，就是肺病，最後吐血死的。」

「妳……妳別胡說。」千田微叱著滿枝：「開口閉口就是死啊死的，醫生不是說調養就會好？」

七巧拭去淚水，認真的解釋：

「台北病院的醫師對我說明，我的是初期，很輕微，只要注意營養，不要太操勞就好。姨娘講的是肺病第三期，會發燒、吐血，那就無望了……我連咳嗽都很少……」

千田深思著，問道：

「學校叫妳休學嗎？」

「是……」七巧黯然點點頭：「這種病，要休息、不能過勞……」

「肺病是會傳染的！」滿枝顫著聲音說：「這是誰都知道的事，我看過肺病的人，連家裡的親父母、兄弟都要避著，用過的東西要消毒，吐的痰紙用火燒，人也都躲得遠遠的……誰都知道這種病沒藥醫，神仙也沒法救，是絕症哪。」

「七巧是輕症，不聽她剛剛說的？」千田企圖阻止妻子口無遮攔的說下去。

「不管輕重，是那種病就是那種病，難不成你要全家人都染上？」

「妳別胡說好不好？」

「我不是胡說，守著一個家，每天就這樣面對面，叫人想著就不安穩……」

七巧到了此時，已明白自己不能待在家中。即使父親堅持，她厚顏住下，但往後糾紛必多。她也不願日日看後母的臉色，聽伊與父親為她吵鬧不休。

「台北病院的醫師，曾經推薦一個地方。」七巧嚥下羞辱，說道：「我不會住在家裡。」

滿枝即刻鬆了口氣，說道：

「那自然是聽醫師的話了。」

七巧不理會滿枝，對父親說道：

「台北松山和南港之間，有一所肺病療養所——是自費的……我去住在那裡就可以了。」

畢竟是親生女兒，千田實在於心不忍。

「既是肺病療養所，裡面一定輕重患者都有，妳是輕症，會不會住進裡面，反而被嚴重的患者傳染得病況更重？」

滿枝忙說：

「你害什麼神經？那既是醫生推薦，一定有他的道理，難道你會比醫生更內行？」

「阿爸，療養所也有醫療，一定比家中更好，只是要費用。」

「花費事小，最主要是妳身體能夠勇健起來才要緊。」

滿枝忙忙附和：

「是啊，既知有病，那就儘快進去醫療。這種病，早去早好。」

七巧此時也下定決心，她對父親，其實是對後母說道：

「我回來拿行李，在那裡總不好穿高女的制服。」

翁千田到了此時亦無可奈何，他只是不放心的問道：

「那什麼療養所，任何人都可以進去嗎？」

「其實療養所最主要的目的是將肺病患者隔離起來。」說到這裡，七巧忽然也不怨怪後母的驚慌了，肺病，誰不怕呢？不然校方也不用叫她休學了。「學校給我一封介紹信。」

千田想著自己唯一的女兒就要進入肺病療養所，心生不忍，想了想就對滿枝和七巧說道：

「既是不能穿學校制服，那明日去向賣布然仔剪幾塊布，趕做幾套衣服帶去。」

滿枝忙說：

「若是太趕做不出來，七巧人先去台北，隨後衣服再用寄的過去。」

「那又何必？」千田略略沉下臉。

「也可以，反正用寄的很方便。」七巧不想節外生枝，後母急著攆她走，她自然知道。

「喏，七巧將行李拿進房裡吧，我到廚房要春江加點菜。」

滿枝說著，不等回話，趕緊走到廚房，低聲吩咐春江：

「春江嫂仔，那飯菜全撥出單獨的一份來，用個別的碗盤。」

「怎的啦？」胖胖的春江嫂問道。

「哎呀，那七巧得了肺病回來，肺病會傳染，沒藥醫呀。」

滿枝說著，又踮著小腳，顫巍巍的拐出廚房，下意識的對著天井的溝道，「噗！」的吐了一口痰。

2

翁七巧回到台中家裡的次日，滿枝就託病不肯出房門，三餐吃食，她預先託付僕婦春江，務必將七巧食用過的碗盤另外清洗、存放，絕不准和旁人的混用。七巧換下來的衣物，也須另外清洗，不能和家人的一起洗曬。

這些細節細行，翁千田固然耳聞目見，但他念及七巧與滿枝素無血緣，也難怪滿枝那樣隔離。

但是，滿枝託病不肯出房門，則顯然怕得過分。千田說她：

「肺病最怕是痰液傳染，如今七巧既不咳嗽，也不吐痰，乾乾淨淨、斯斯文文一個女孩子，妳躲得像怕瘟疫一般，未免太不像話了。她雖不是妳親生，畢竟還銜著妳喚姨娘。妳如此做，不嫌過分？」

「我怎麼做？不巧就犯了風寒，頭疼得厲害，我有什麼辦法？又不是沒病過。」

滿枝年輕又性刁，翁千田亦無可奈何，只得任她去了。在七巧面前，少不得替滿枝掩飾一番：

「妳姨娘這兩日正好受了點風寒，所以少出房門。妳莫多心。」

七巧悽然一笑，對父親說道：

「這個病，難怪姨娘要怕，我早早去療養所算了。」

「不急，不急，難得回來……」

「算了！」七巧沉痛的說道：「早知這家也算不得是我的家了，我不如快快離去，永不再回！反正這個病，就知是沒藥醫的，早晚是個死！」

「莫胡說！人家是咯血、痰中夾血絲才算嚴重，妳 點點甚輕微，莫要胡說！療養院有醫生醫療照顧，勝似在自己家中。」

七巧不再多言，住到第三日一早便拎著木箱出門，準備再搭車回台北。

千田不忍，自己陪她到火車站，代買了紅線三等普通車的車票，又塞了一百多元到七巧口袋裡，叮囑道：

「好好養病，別胡思亂想，缺什麼就寫信回來。在那裡，錢不用省，想吃、想用就去買。」

七巧雖體會得出父親的關愛，然而，礙著後母滿枝，這份關愛只顯得無奈，又有何用？自己如今竟落得無家可歸了，想起來不能不恨啊。

火車緩緩開動，雖知目的地是台北，但是，那真能算是她的目的地嗎？她去療養院，接下來又該如何？不能回家，又無處可去，難道要終老在那可憎的療養院中？

七巧在冥想中，忍不住淚眼迷濛。

火車每站必停，足足走了六個多小時。

七巧站在南港火車站的月台，深深吸了口氣，意識到自己只有往前、沒有退路的形似孤兒的命運，來不及自憐，拎著箱子，便往松山的方向走去。

台灣總督府肺結核療養所，位在南港與松山之間的山坡地上。此所以她必須搭普通車的緣故。

因為肺病患者，需要的是充足的陽光與新鮮的空氣，所以擇定這一塊在茶園與菜畦之間、占地千餘坪的山坡地。由於人煙稀少，景色秀麗，一方面適合病患頤養，另一方面則很容易將患者與一般民眾隔離，避免傳染。

翁七巧徒步向松山的方向走了大約三十多分鐘才到療養所。

療養所自外觀看去乃係一幢黑咖啡色的立體建築，以ㄇ字形面對大門入口，所有的主要功能全集中於此，像分處左右的男、女病房，診療室、急救處、藥局、護士房與辦公室等；後面零零星星尚有一些花圃和其他設施，包括病患死後就地焚化的大葬爐，這些都是七巧住進來之後，慢慢才熟悉與了解的。

七巧由於病勢較輕，又因為父親翁千田的囑咐，因此住的是三人一間的二等病房。二等病房每月費用，約等於一般薪水階級月薪的三分之二，且足足為普通病房的加倍之多。

七巧思及家中那麼多田產，父親別無所出，後母滿枝生性鴨霸，將來必然全數落到後母手中。因此，她此時住院，自然無須儉省，再儉省最後終是落到後母手中，多麼不值，所以一住進來便指定二等病房，毫不客氣也毫不猶豫。

其實她心中，亦隱然有種「一旦住進來就很難再出去」的自暴自棄的想法。既然也許將在此度過餘生，再也沒機會過另一種日子，那麼待自己寬厚一些也是應該的。她甚至在暗地裡計算，如果住上三年小命告終，橫豎就花那麼點錢，不及她父親半塊田產。她是含著金湯匙，最少也是銀湯匙來出世的，不想橫地冒出那該死的後母滿枝，平白奪走了一切。

滿枝原是個小農戶的獨生女，據說捨不得將她嫁出，一直養到二十三歲，好死不死，遇上翁千田喪妻續弦，千田有錢，又只獨獨一個前人所出女兒，條件算是很好。媒人一撮合，兩下裡一拍即合，因此進了翁家門。

那千田老尪疼少妻，對滿枝雖稱不上言聽計從，但也夠疼惜的了。相形之下，原本的掌上明珠七巧就只有犧牲一點、退避一旁。

千田有時只有私底下彌補七巧少許，所幸他田產多，滿枝饒是精明，也不盡清楚他那些田產地契。

這些暗槓起來的田產地契，千田是打算七巧有朝一日出嫁時，額外給她陪嫁的。

滿枝嫁來五年並無所出，不能不說是個遺憾。但既已先後娶了雙妻仍無所出，千田亦只得認命。

兩任妻子獨得一女，少不得要多點嫁妝陪嫁。滿枝年輕看不開，她若肯對七巧稍好一點，兩人年歲相差不多，依舊是母女相稱，則七巧婚後有子嗣，照樣會奉千田、滿枝的香火。

女人量淺。幸好時候還早，可以慢慢說動滿枝。不然他夾在中間，甚難做人。

這七巧來到台灣總督府肺結核療養所，與她同住一個病房的女病患，其中之一名喚秋桂，年紀過了三十；另一則喚同榮，才二十二、三歲光景。

七巧住進來，剛好打橫臨窗的床位空了出來，七巧便占用了這張床。

許是肺病患者都瘦，七巧在療養所內很少看到胖人。同榮與秋桂也都瘦，特別是後者，瘦到兩頰都凹陷了。

秋桂是在產下兩子之後才發現痰中夾帶血絲、咳嗽、胸痛，經診斷後確定是肺癆而住進療養所，她丈夫是個構造行的師傅，兩個孩子都已十五、六歲，可以離手腳了。她住進療養所已三年多的時間。

同榮年輕，原已結婚，婚後發現有肺病，夫家將她送進療養所便撒手不管，療養所的費用，還是娘家父母負擔的。她來得短些，剛剛將近兩年。

「一旦住進來，還是別想出去的事比較好。」同榮看著七巧將衣物自木箱拿出來放在衣櫃裡，像是自言自語的絮叨著：「要不然出了去，不知是回夫家好，還是回娘家？」

七巧不知不覺停下工作看同榮。

「這是個討人嫌的病啊。只靠目前這種醫療，根本不可能醫好。除非命大病又輕。妳就是好了，人家也不相信妳，疑神疑鬼。像我，夫家都做得這麼絕，只差沒寫休書而已，哪裡回得去呢？但嫁出去的女兒潑出去的水，我也沒那立場回娘家去。」

「唉，妳別嚇她才好。她年輕，病又不重，哪像我們。」秋桂講點話便有些喘，她坐在床上，一副不勝負荷的樣子。

七巧頓了頓手上的動作，隨即又繼續整理。像這種談話是很難插話的。

「我也不是嚇她，這裡……一個月要燒掉那麼多人，不知哪一天就輪到我們……棺材是裝朽不是裝老的。」

「……燒掉……什麼呢？」七巧怯怯的問道。

秋桂和同榮互看一眼，後者瞟了一下窗外，淡淡的說道：

「燒死人啊，患肺病死的，最乾淨、最保險就是火化，不會傳染。」

「妳是說……一個月燒那麼多……人？」

「平均三、四個，多的時候六、七人。」

七巧手中拿著一件舊呢料洋裝，瞠目結舌的跌坐到床上去。

她思索了一下同榮的話，忽然抬起驚懼的臉，迅快看向窗外，又扭回頭問同榮：

「是在療養所裡面燒嗎？」

「當然。怕的就是傳染，當然是就地燒掉。有那看不開的，一定要抬出去土葬，所裡也不能完全留難，不過，患者，應該是死者，死者留下來的衣物、用品，大半不讓家屬帶出去，就地火化，求個乾淨。」

七巧面色灰白的低著頭，一時之間，只覺天地驟然闔攏，將人壓縮在其中，幾乎不能喘氣。

「妳不要怕，也有人高高興興活著回去的，要看各人的造化。」秋桂輕咳著試圖安慰七巧。

七巧抬眼看她的兩個同房，秋桂和同榮都病成這樣，她和他們同房，相互傳染，怎能保證病不越來越重呢？

想到這裡，未曾入眼的火化現場，就一直以想像的實景出現眼前。

「妳是獨生女，家裡怎會捨得讓妳來這裡療養？」同榮疑惑的問道。

七巧無心也無力多作解釋，只簡單的回說：

「沒有辦法，這種病會傳染。」

七巧用這句話埋葬了自己心中對父親的怨懟和對現實社會的眷戀；在此時，也埋葬了別人對她身世的好奇——來到這個地方，就讓她用此身此面目與此地這些同樣被社會隔絕的人們相對待，其餘的，就當全沒這回事，將之遺忘吧，否則她怎能甘心雌伏在此，作個被世界遺忘的化外之民？

初來乍到，弄明白除了固定的醫療和用餐時間之外，病人可以自由作息。七巧因之花了許多時間在熟悉環境上頭。

首先，她弄清楚男女病房分處大門兩側，也知道一般診療室與急救室的所在。

主建築之外，同榮與秋桂口中所形容的屍體焚化爐位在女病房的右後側，前端是間簡單的靈堂，可以供死者家屬作點簡單的告別儀式，再進去才是焚化爐。焚化爐外面高聳入雲的是很粗大的煙囪。

七巧乍然見到這閃爍著奇異的死亡色彩的簡陋建築，不僅觸目，而且驚心。想到人如柴火，死後只是一縷輕煙和一堆灰燼，便不禁對生命的無常與脆弱唏噓。

在這裡，死亡如此接近，又如此真切和尋常，七巧不禁翻身就想：如果她的生身母親健在，她有必要被迫來此親炙死亡的陰影與威脅嗎？

火葬焚化爐再往左後側行去，則是分處兩地的男女浴室與濯衣處；再往後去，則為曬衣架、園丁室以及屬於療養所的花園，病患通常可以在此走動。

整個療養所，外圍有高過人身的圍牆，將之與外界隔離，看起來戒備森嚴，其實真正的意義在隔絕療養所內的病患，使之不對外傳染病媒而已。

來到療養所的翁七巧，整個心情是晦暗灰色的。她很寡言，好像多說話就會暴露她的脆弱似的。

她很少待在病房之內，主要是覺得與病情不輕的秋桂和同榮關在同一斗室之中，自己的病情不加深就太難了。

她只有十七歲，雖然因為後母滿枝作梗而形同無家可歸，然而，她仍然希望有朝一日，自己能自這可憎的死亡谷地健康的走出去，健康的過另一種截然不同的人生。

七巧知道，肺結核確實是一種富貴病，患者只有自求多福：吃好、睡好、調養好，並且多曬曬陽光、多呼吸新鮮空氣，更要保持心情愉快，才不致使病情惡化。

只要病情不加重，有朝一日，或許醫學界會發明一種可以治癒肺結核的藥……人是無法戰勝時間，然而，如果活得夠久，什麼事情等不到呢？

這一天，天氣轉暖，七巧拿了幾件小衣，準備到晾曬衣服處曝曬，趁日頭露臉時曬一曬，免得日夜穿著，病菌附著於上。

她將衣服晾好鋪展開來，用手輕輕拍打。想著幾天前向賣布然仔剪來量身裁製的衣裳，這兩日該當裁好，理應為她寄來才對。不知會不會因後母攛掇，她父親也變得沒要沒緊起來？

人不在跟前，萬事皆休談……

七巧機械式的拍打著衣服，嘴裡不知不覺便有一搭沒一搭的哼唱起來：

每日每夜　等待你
但你依舊不曾來
宵待草的無奈
今夜月亮　恐不露臉

日落西山　夜愈深
屋頂只有星一顆
宵待草　花落地
更夜風已寂

七巧的歌聲斷斷續續的，她陷入冥想之中，並不著意在歌唱之上，只是因無奈、無聊和無意識而可有可無的哼唱著。

歌聲漸歇，七巧拍衣的聲音在靜寂的早晨清晰可聞……新衣裳若寄到，或許這幾件稍稍嫌小的舊衣都可以丟了……或許舊衣沒曬透，新衣就寄到，根本沒機會再穿到這些舊衣……

七巧一心一意想著自己的心事，又哼唱著歌曲，唱到「宵待草，花落地」，聲音不知不覺便有些哽咽。花落地、花落地，不能再想了！想下去只有心更傷、淚更多，病也無法起色。

七巧咬咬牙，抬起頭來。冷不防正迎著一道炯炯有神的眼光。

七巧大吃一驚！

看她的人站在曬衣處大約三、四尺遠的地方，黑衣黑褲之上，是一張瘦削而年輕的臉。

年輕，是的。加上他所穿的有些陳舊的學生制服，乍然一見，以為是某某大學的在學學生！

七巧很自然的以手掩口，為自己的忘形覺得羞赧，更為自己隨口所唱的，也許荒腔走板的歌聲覺得不好意思。

這層不好意思，更因對方是個年輕異性而格外加深。

那人臉形略長，不，也許是因瘦而顯得臉長也說不定。他的皮膚蒼白，兩眉微微糾在一起。與此憂鬱而斯文的長相不太協調的，是他炯炯有神的目光。

他深深看了七巧一眼，對她有禮的鞠了個躬，然後一言不發的轉身離開，往圍牆方面那條小溪的方向走去。

七巧注意到他的左手拿著一本書籍。

這個男子，也許在她曬衣唱歌時便在附近，恰巧聽到她的歌聲才好奇想看看她的廬山真面目；也許正在不遠處，為歌聲吸引而走近來亦說不定。

在肺病療養院裡，病患都很無聊，許多也明白自己不過是在等死，很少人會唱歌自娛自傷的，即使是十分悲情的歌。

七巧不曉得自己在此唱歌是如此的不尋常，莫說是那年輕男子，即令是別人，也一樣會側目想要看個究竟。

她躲在自己晾起的衣裳之後，藉著衣裳的掩護，偷偷的注視著方才那男子的動向。

那男子行到圍牆附近一塊大石，面對小溪，背向七巧這邊，遲疑了一下，便落坐到石頭上面。

七巧見他面向小溪，默默坐了許久，最後才打開他帶去的書籍，在天空下展讀。

原來，肺病療養所內，也有年紀跟她相差不多的年輕男子。原來，像這般年輕的患者，不只她一人而已……七巧原來那種自憐的心境，此時因有人情境相似而稍稍沖淡了一些。

如果自己此時有些書在身邊就好了，療養所的日子實在太無聊，不像在學校宿舍，下了課有功課要作，還得準備考試、應付熄燈號，自己洗濯衣服……而在此卻是真正的無所事事，連洗衣服都由病患共同出錢請的僕婦代勞。

肺病療養所內，因為許多病人都是重症患者，而且肺病最忌操勞，因此，每一病房都由病人共同分擔費用，聘請一僕婦服務，不外洗濯衣物、端飯菜洗碗盤，以及打掃病房等工作。因此，與學校住校生涯相較，肺病療養所內真是太沒有事情可做了。

七巧曬完衣物，本擬在園內散散步，到處走走，但有方才那年輕男子之事，而且又礙著對方目前正坐在園中看書，她更不好在此逗留，因此七巧只好悵然走回病房。

回到病房，戴著口罩的傭婦，正清理過病房，準備把病人換下的衣物拿去洗濯。見七巧回來，這傭婦便套交情似的寒暄：

「到底年輕坐不住，到處走動。」

七巧笑了笑。

同榮一旁便說：

「歐巴桑說的，隔壁房有個人快勾起來了，目前在急診房急救。」

七巧聽著心中極不舒服，她非常不贊成病房內的話題一直繞著重病或死亡打轉，人聽久聽多了難免心中不受影響，可是她又不好阻止同榮她們談這種事。老實說，像秋桂這般病懨懨的，要伊到處走動未免奢求；可同榮尚年輕，卻一副意志消沉的樣子，許是被夫家形同休棄一般而有些自暴自棄吧。

歐巴桑以消息靈通人士的姿態說道：

「不出兩日，又會有人進火化爐去了。唉，實在是，七巧姑娘年紀輕，病又不重，著實不該進療養所來啊，這裡號稱進來容易出去難，重症者才進來的地方。」

七巧苦笑了笑，默默坐在自己病床上。

倒是同榮掩不住好奇，追著歐巴桑問道：

「妳說的那個，好像還很年輕的樣子，上兩個月一空禪師來所裡演講，我記得看到她去聽講，大概也只有二十來歲。」

療養所中，為了激勵病人求生意志，不定期會邀請一些得道高僧或有德之士到所中對病眾演講，演講內容通常都是一些勵志或有關人生哲理的話題。

「二十來歲？」歐巴桑名喚阿志，有些人喚她阿志桑，有些人就管她叫歐巴桑。此時她透過口罩，粗聲渾氣的扯著喉嚨說話，很有消息靈通人士那種權威味道：「沒福氣活到二十歲，二十不到，只有十九。」

「十九啊！看不出來，我以為有二十三、四了呢。」

那晚，七巧睡得很不安穩，夢裡自己在火焰裡燃燒，只覺得周身燙熱疼痛，無處躲閃，就這樣驚醒！

醒來時猶是一片漆黑，不知幾點。七巧摸摸自己額頭，果然有點微燙。

她著實吃了一驚！肺病患者最怕發燒、咯血、咳嗽。天可憐見，不會剛剛進療養所就病情加重吧！她雖然經常難免心情沮喪，有時怨天尤人、自暴自棄，可真正沒有求死之心！

她才十七歲，人生正如旭日，剛剛才要東升！什麼都沒經歷，高女沒有畢業，離開後母管制外的日子還未嘗試，一切還如此懵懂，難道就要她的小命？她這十多年，著實也安安分分過著日子，連那樣量窄器小的後母，她都不曾忤逆過，為什麼不幸竟降臨到她頭上？

進療養所，是希望有朝一日能病癒出去，不是在這裡等死火化……

整個下半夜，七巧在胡思亂想、驚懼恐怖中捱著每分每秒。她懷念著當初在學住校時清苦而戒律嚴格的學寮生活，懷念百合等同室室友和同班同學；甚至連後母當家的「家」，隔著時空也溫暖起來。

真不該賭氣跑到療養所來的……可是，一旦知道她有肺病，不到療養所來，又有哪裡可去呢？後母是絕對容不下她的。

那麼，她真的活不長了嗎？為什麼才進來沒多久，病情就這麼快加劇了？

明天，她要不要自行前去找醫生？還是等例行醫療再說？會不會太慢了？

七巧就如此上天下地胡想，一直到天濛濛亮才又矇矓睡去。

這一睡，便比往常遲了許多，還是被一陣緊似一陣的咳嗽聲吵醒的。

七巧張開雙眼，在床上怔忡許久，才意會到那是秋桂的咳聲。

秋桂咳一陣，拿著方巾掩住口，約莫是吐了東西在上頭。咳得難受，秋桂將大褐衫立領上的盤扣解開，讓自己咳得氣順些。

見到七巧醒來，歪在自己床上的同榮擔憂的開口商量：

「妳看要不要去請醫療室的人來看看？咳成這樣，萬一一口氣喘不上來……」

秋桂直對兩人擺手：

「我沒事……」

七巧想想，此時阿志桑不在，三人之中她最年輕、病情又最輕，少不得她去跑一趟，便說：

「要不要我去？」

秋桂急急揮手，又猛咳了一陣，咳聲方才漸歇。伊撫著胸口，臉色因用力反而稍稍見血色。伊兩隻空蕩蕩的大眼望著前方，喃喃說道：

「真想念家中那兩個囝仔……」

七巧聽著，動了惻隱之心，因問：

「要不要我幫妳修個書信回家，囑他們來看妳？」

「這種地方……怕的就是他們受到傳染……還不如等快不行時，再叫他們來相見……」

「秋桂姊快別說喪氣話，不要開口閉口提不行的言語，和自己過不去。」

秋桂顯然因季節變化而影響了病情。七巧起身，盥洗完畢，自己坐在床邊正在梳理辮子，由於秋桂的情況而使病房氣壓太低，七巧想儘快梳好頭髮，去看看家中是否寄來了包裹？順道也到處逛逛，免得呆坐病房與秋桂、同榮牛衣對泣。

上午不是郵件送達的時間，翁七巧百無聊賴，只得又往庭園的方向行去。

經過火葬場時，她特地繞得遠遠的，生怕去沾染到那種死亡的氣息。

而儘管離得遠，七巧仍然注意到火葬場裡靜悄悄，一點也沒有「工作」的動靜。或許隔壁房裡那病篤的年輕女子，依然在死亡邊緣掙扎吧？

她衷心不喜歡人家用輕忽或看熱鬧的態度談論療養所內任何人的病況或生死。當自己也是療養所病患一員時，這種談論十足就變成異常可笑。

七巧繞過火葬場，經那日晾曬衣服的地方，心裡遲疑著，不知自己要不要到當天那黑衣年輕男子看書閒坐的溪邊去？

整個療養所就這麼大，除了有限的室內空間，就只有這一大片庭園可以隨處走走。總不能說，那男子走過、坐過的地方，她不能去走去坐吧？即使被那男子看見，也不算東施效顰，因為這是療養所內人人可去的地方。

經過如此自我排解，七巧不知不覺已向小溪處行去。

小溪不知源自何處，流經肺病療養所，然後又不知流往何處。

在療養所內的溪面，寬約十尺左右；而或深或淺，河床不是很平均平穩。

溪畔自然漫生許多樹木，由於是自然生成，所以樹種不一，參差不齊，反而呈現一種豐富曲致而蘊含了變化之美。

七巧慢慢踱近溪邊。溪畔有兩三張石凳，也有幾塊大石。

她挑選了一張石凳，稍稍站了會兒，便緩緩的坐了下去。

在她座位附近，疏疏落落有好幾株粗細不一、高矮不齊的林木。

溪對面則有一小叢蘭蕉花，寬而長的綠葉，配上紅色的花卉，雖是水濱溪畔常見的，不是嬌貴的植物，但是在這一片灰蒙蒙、黑漆漆的建築世界中，那幾朵紅花卻具有振奮人心的作用。

再往斜去，只見一叢枝幹顏色斑駁不一的痲竹，斜斜向溪面前傾生長，竹葉因之有如垂柳，堪堪點在溪面上。

七巧安靜的坐在石凳上。

四周亦如此安靜，只聽風在高高的樹梢沙沙低語，雀鳥一陣緊似一陣叫著，突然又被什麼驚起，四散飛射！

風過處，水波粼粼，瀲灩成一匹錦緞也似的金黃。大大小小的土鯽魚，在溪面上形成一圈圈有大有小或重疊或迢遞的波紋。

七巧看得呆了！

原來看似平凡無奇的大自然，竟然美麗怡然如此！也難怪前些日子那黑衣學生服的年輕男子，會帶著他的書到這裡來讀了。這是一個適合靜坐，也適合閱讀的好場所！

七巧輕輕嘆了口氣。

就在這一瞬間，軟風吹過，樹上隨風飄下來三五片落葉，在空中打了幾個轉，翩然落在地上。

視線隨著樹葉飄落，七巧這才注意到，原來眼前、周遭，重重疊疊堆積了薄薄一層落葉，大部分是枯黃的，卻也雜有泛著紫紅色或磚紅色的不同葉子，甚至猶然青綠的、完好的、毫無缺損的樹葉也掉落了！

還不到衰老枯黃的時候，還不是該凋殘的生命……七巧忍不住就從心底滑過一絲喟嘆。

七巧默默看了會兒落葉，隨即低頭撿起腳邊一個形似蒲扇，卻在上端呈現一變形 r 形缺角，而使一片圓形葉，形似由兩片長橢圓形葉子雙雙合併成似的。七巧原有些認得花木，她知這是紫羊蹄甲的葉子，最標準的葉形；而紫羊蹄樹，卻也是毛毛蟲最喜歡駐在的樹種之一。

她夾住葉梗，拿到眼前，將之翻到正面，竟然發現葉片上用毛筆端端正正寫了兩排字。

七巧仔細辨認，由於露水或其他不可知的原因，或者是因經過了幾個晝夜的磨損，葉片上的毛筆字已顯得斑駁。

七巧細細一辨，是兩行漢字：

故園腸斷處

日夜柳條新

她想，應該是兩句詩句，可惜她沒有讀過，不知出自何處。

大正時代，台灣人就讀的公學校，聘有台籍師資，以閩南語發音教漢文，所讀皆為文言文。

中等學校以及高女，亦有漢文課，但卻是以日語教學。文字則是漢文和日文互相對照。內容有詩作也有古文，但都是著名之詩、文，像諸葛亮的〈出師表〉、李白的詩，以及一些日本人詩吟、劍舞的作品。

七巧手中這兩句詩，她並未讀過。寫此詩的人，若非飽讀詩書、知曉學校課堂教授外的其他詩文；就是自幼就在家中延師讀漢文，致比一般人多懂一些。七巧目注著那片有幾處泛黃點的紫羊蹄甲葉獨自思忖著。

她看了半天，突然心念一動，再度俯身到地上去蒐尋那一片枯葉！

可不是！這片葉子也有字！

七巧拾起另一片乾蘭蕉葉片。

葉子拔下或枯乾已有一小段時間，不像青翠時油光水滑那般打滑，所以墨漬比較能入葉脈中，寫的字比較完整。

七巧細看，寫的是陳子昂的〈登幽州台歌〉：

前不見古人，
後不見來者。
念天地之悠悠，
獨愴然而涕下！

她讀著，索性滑下石凳，蹲了下去，在地面上翻尋。

是的，曾寫上漢字的落葉不只這兩片，起碼有七、八片之多。但落葉委地，又經一些時日，許多字均已看不分明。

七巧又從續翻的葉子中，辨認出兩行字來，那上頭寫著：

浮世本來多聚散
紅塵何事亦離披？

老實說，她的漢字，僅在學校受業而已，所讀有限。許多字辨認困難，無法經由上下文義解讀詩句，乃是由於七巧本身學養所限。

因之，七巧握著那些葉片，心裡不禁有些愀然和悵然！不知道執著的葉片講了些什麼！不知道這人心境如何？倒是那一手毛筆字寫得真好！

講到毛筆字，公學校有課，另稱「書風」；中等學校同樣也有這個課程，叫作「習字」。七巧也是修習過毛筆字的人，因此看得出這毛筆字寫得好。

是療養所裡的人寫的吧？是醫師、事務人員，或竟是病人所寫？竟然如此的有雅興：把詩句寫在樹葉上。

七巧怔怔看著那些有字的樹葉，心裡有羨慕、有欽佩，也有微微的、想要知道這個雅人的慾望！

療養所內真的是太單調無聊了！而且不管是醫生或病人，每天所面對的都是愁苦、醜陋的病和死，還能由這些病苦中抽離出來作自娛的消遣，這人不是天性曠達，就是看得開也挺得住，方能自遣。

年輕體弱又心細的翁七巧，手裡拿著那些葉片，竟然不忍將之再棄置於地。她揀出其中兩片比較完整的，揣在懷裡，準備帶回病房，夾在她帶入療養所內的唯一的一本書之內。

她是也該像這寫字的人一樣才對，要能自遣自娛，而不要自囚於怨哀之中。肺病患者，怕的就是心情鬱卒呀。

原來預定要常常到溪畔走走看看、消磨時間的翁七巧，才去過一趟河邊，不想多雨的台北，當晚就下起雨來。

這一下，竟然連連綿綿五、六天光景，下得人都幾乎要發霉了。

七巧只得在主建築內穿進穿出。這一摸索，竟然讓她發現了療養所內有一間圖書室。

一經發現有間圖書室，七巧簡直興奮莫名。

她在圖書室內發現了許多托爾斯泰、杜斯妥也夫斯基、大仲馬、小仲馬，甚至是莎士比亞的作品。七巧猶疑半天，最後終於選定《椿姬》（亦即《茶花女》）這本小說，這才心滿意足的回到病房。

由於自我警戒不可過勞，因之七巧不敢一口氣廢寢忘食的將《椿姬》生吞活剝的讀完。她自我克制，極有分寸的分別在上午、下午及晚間各讀一個多小時，因此，一本《椿姬》，也足足讀了五天才看完。

《椿姬》剛讀完，七巧即刻又轉到圖書室去。第一本看的是翻譯小說，故事本身雖然哀感頑豔、楚楚動人，然而譯筆總令人有點隔了一層的感覺，所以她打算在第二次借一本日本人寫的小說。

選了半天，最後選定尾崎紅葉所著的《金色夜叉》。

拿著書，轉身要離開圖書室的七巧，不意竟撞上一個剛要進來的人。手上的書不曾拿穩，被來人撞落地上。

七巧正想俯下身去撿，對方卻先一步蹲下去將書撿了起來。

等那人站直身子，兩個人都怔住了！原來，來者竟是那日在曬衣場無意聽見七巧唱歌的年輕男子！

不等七巧回過神，那男子將書遞給七巧，微微頷首，用日語說了句：

「失禮！」

旋即閃身進入圖書室！

七巧按捺住怦然心跳，拿著那本《金色夜叉》，一腳高一腳低，茫然往前行了一段路，碰到樓梯，才恍然發現自己走錯路線，急忙又轉往自己的病房去了。

一腳跨進病房，同榮正坐著，瞧見了她，問道：

「怎麼一張臉紅撲撲的？」

七巧支支吾吾應道：

「走錯路，走得累了。」

「這種病，自己要檢點，累著是有害無益……書呢，也不要看得太辛苦。」

「不會的，只是消遣。」七巧走到自己的床位，嘆道：「成天下雨，悶得慌，不看書要怎麼辦？」

「虧得妳讀書識字，像我們，一個大字也不識，悶也只能悶死。」

「同榮姊最不好習性，開口閉上都是那個字。」七巧抱怨著。

「是啊，說慣了，又讓它出了口。」同榮拍了下自己的右頰，自我解嘲：「進來久了，連說話也不太會啦。」

一直沒有說話的秋桂，此時細聲細氣的對著七巧說話：

「從前我都託護士陳樣幫我寫信，但伊實在很忙，我好幾個月才敢拜託伊一次……難得現在七巧識字，不知可不可以……」

七巧不等秋桂說完，即刻接口：

「寫信回家，是不是？這種事，縱使不認識的人也做得到，更況是我們有緣同病房。」

「耽誤妳讀書……」

「這小說是閒書，早讀晚讀都一樣。來，我先幫妳寫信。」

七巧說話間，拿出白紙和萬年筆，放在桌上，問道：

「秋桂姊，要說些什麼？」

「我……就說我平安，問問家內是不是大小平安？」秋桂慢慢說著，眼眶不知不覺就紅了起來：「告訴文龍仔，如果構造行的工作有得閒，能不能讓他帶兩個囝仔來給我看看？只要……遠遠的……就好，不會傳染……，我只要看一眼……就滿足了……」

七巧聽到這裡，眼淚不自覺就流了下來。她悄悄拭去淚水，藉著寫信掩飾了自己的失態。老半天，才又問道：

「這樣就好？」

「我是怕……如果兩個孩子不來看，哪一天我一口氣……喘不過來，那就……來不及了，一定會死不瞑目。」

「秋桂姊莫如此說，叫他們來就是了。」七巧執筆寫信，嘴裡安慰著秋桂：「子女來看母親，這是再應該不過，做母親的都有權利這樣要求。」

「多謝妳，七巧，老天一定會保佑妳，這麼好心腸的一個查某囡仔。」秋桂邊說邊拭著眼淚。

七巧將信的內容和信封全都寫好，還好心的將信搋在懷裡，說道：

「我順便拿去寄，反正要去看看有沒有我的郵件。」

家中寄來的包裹終於送到了。雖是七巧預期中的，但拆封時仍有些許的興奮。做好的衣服中，有件呢料短外套，一條長褲，兩件褶裙，兩件夾衣，還有一小包肉脯。

同榮湊興擠過來看，說道：

「怎的沒半件台灣衫？全是西洋式的？到底是讀過書的，不像我們田庄氣，穿得土土的。」

七巧有點歹勢，含糊答道：

「也不是這樣，我只是穿慣……」

秋桂一旁便替七巧排解：

「同榮，妳明知她年輕，何必講這些話讓她為難？」

「我沒歹意呀，秋桂姊！」

七巧亦不在這上頭打轉，她將那包肉脯打開，拿到秋桂床前，抓了一把放在紙上，又遞給同榮，說道：

「同榮姊，妳也拿些嚐嚐。」

「那怎麼好？妳家裡寄來的。」同榮謙辭著，卻是忍不住就湊近鼻眼去覷著、嗅著。夫家遺棄、娘家照管有限，同榮實際上等於是半個孤寡之人。而療養所裡的飲食，吃了只叫人嘴淡。

所以謙是謙了，但抵不住誘惑，加上主人殷勤相勸，同榮於是也抓了一把肉脯。

新衣裳放了兩日，待得天氣晴了，七巧忍不住便將夾衣、褶裙換上，外面又套上呢料短外套，拿著一本續借來的托爾斯泰的《復活》，就往大庭園走去。

她並不想直接到溪畔坐定下來看書。天氣難得放晴，蟄伏了這些天，該當到處走走，動動筋骨，也變換一下心情。

可是，一走出主建築，一看到大葬爐，她的心情即刻黯淡起來。

令人不由自主的就會想到隔壁房裡那才只十九歲的病患。這些日子，不知她仍在和死神搏鬥之中，還是已經向祂棄甲投降了？

十九歲，也不過只比她大上兩歲……許多天沒那病患的消息，會不會是秋桂和同榮商量好了不告訴她，免得刺激？通常被她們點名拿出來講的病人，真的都是沉疴已深，很少有例外的。

想著想著，又想到這不愉快的上頭去……不是告訴自己要出來換換心情的？

七巧走過火葬爐，順著路線來到園丁的工具房前。大雨剛過，那管花事的阿伯仔，大約又有得忙了。

七巧沒見到那阿伯影子，慢慢又踱到庭園深處。將近河邊時，她看到原來漂漂亮亮的幾株滿山紅，殘紅萎了一地，滿眼破敗與殘缺！加上淤泥遍布，地上雖薄薄鋪了一層落葉，畢竟不若久晴時的乾爽舒適。

她痴痴站在那裡，想著也無處可去，只得沿著溪畔再走走，找一處較乾爽的地方落腳。

就在移動腳步的剎那，忽聽得一種聲音，有些低沉，有些荒涼，帶點兒悲愴，可聽來又從容尊嚴的樂聲，遠遠的，在溪畔的某一處幽祕的地方響起。

七巧不知不覺的循著那聲音追尋而去。

是的，是簫聲！是洞簫的聲音！

七巧下意識的加快腳步。但又由於溪邊雨後土地泥濘，所以她向外挪移，走在離溪畔較遠的地方，依然追溯著簫聲的來源。

洞簫的聲音聽來有種難以言喻的悲涼。越來越近，七巧終於聽出簫聲吹奏的曲子，是首名為「旅愁」的歌曲。

寂寞心情　獨憂愁，
思戀故鄉　憶父母，
夢裡束裝　急歸鄉。

是的，夢裡束裝急歸鄉……急歸鄉……七巧迷濛著淚眼，追尋洞簫聲來到庭院的西邊。簫聲來自溪畔，她只要走進那林木之後，便可以看見吹簫人了。

七巧只略略遲疑了一下，便舉步走進兩棵樹之間的仄徑。

她在刹那間，全身的血液急速冷凝！

吹簫人猛然見她闖進，近在咫尺，吃了一驚，吹簫的動作也自然而然的中止，怔怔瞪著七巧。

七巧的臉由紅轉白，站在那裡像被釘住了，動彈不得。

吹簫者不是別人，正是不久前聽她曬衣時唱〈宵待草〉，也是兩三日前在圖書室和她相撞而為她撿書的黑衣年輕男子！

早知是他，她就不會如此冒失的前來現身看個究竟……好像她是專為來看他似的……一個女子，如此厚顏……

「失禮……我不知……吵擾了！」

七巧稍稍恢復鎮定，急急忙忙向那年輕男子躬身行了個禮，準備趕快離開。

「等一下！」男子急促的喊了一聲。

七巧抬眼向他望著，等待下文。

那男子喊出了「等一下」，阻止七巧離去之後，似乎又不知叫七巧停下來幹什麼才好，故此尷尬的僵在那裡，有好一會兒都說不出話來。

七巧走不是，不走亦不是，益發不安。

就在此時，男子忽然苦笑了一下，開口說道：

「我不是……有什麼事，只是覺得，我們已經見過幾次面，如果妳喜歡聽洞簫，不妨留步。」

「我……遠遠聽到，覺得很吸引人，所以就一直走了過來……」

「既然如此，那邊請坐。」男子右手一伸，指著對面不遠處另一塊大石，作了個請的手勢。

七巧看看石面，連續多日陰雨，石內怕不浸透了水分？這一坐下去，鐵定會滲出不少水來。莫說溼了新衣裙，就是傷了身也不好。因此有些猶疑。可又怕拂了人家的盛情好意。因之，七巧走近大石，卻又看了看，遲遲不曾坐下。

「喏，這新聞紙可墊在下面。」男子不知何時趨近，手中一份報紙，就要替她墊在石上。

七巧眼尖，瞥見翻在最外面的，正是占了全份報紙的八分之一分量的漢文版，可能是那人翻著讀的那一版。

「這……不太好吧？你不是要看？」

「沒關係，是數日前的舊新聞，早已翻爛了。」

「那就……不客氣領受了。」七巧略略頷首致意，隨即坐在墊於石上的新聞紙上。

那人也不多話，回到方才的石凳上，雙手拿起洞簫，以口就之，略略吹了一聲，忽又拿開，對七巧說道：

「吹D調好了。」

那話與其是和七巧商量，不如說是他在自語來得恰當。

哀沉的聲音破空而起！在如此近距離內聽到洞簫的聲音，七巧的心弦一震，彷彿連靈魂深處也被撼動了。

那人吹奏的，依然是方才那一首〈旅愁〉。簫聲悽悽，催動因病被迫離家的，七巧孤獨的心靈，她的心，走入歌詞和簫聲之中。

秋深夜更　旅宿靜
寂寞心情　獨憂愁
思戀故鄉　憶父母

夢裡束裝　急歸鄉
風打窗扉　聲斷夢
迢遙旅途　孤心亂
思戀故鄉　憶父母
心緒縹緲　飛林梢

簫聲慢慢歇止，七巧由哀傷的情緒中勉強振作，很快的偷偷拭去淚水。畢竟，在一個陌生男子眼前隨意掉淚，是一件輕率的事。

那男子簫聲方歇，但他亦未將簫管拿離口脣。只停了三、五秒鐘，忽然又吹起另一首曲子。

七巧傾耳細聽，正是當時流行的曲子——〈故鄉的廢象〉。

經過幾年　回故鄉
花香鳥啼　微風吹
鄉野小川　水潺潺
昔日風景　依然在

可惜家廢　無人住
回敘昔日　風依稀
投影昔日　鏡澄明
朝夕相伴　牽手遊
青梅竹馬　今何在
寂寞故鄉　生廢象

簫聲悠悠而止。七巧聽得如夢如痴，連最起碼的稱讚語都說不出口，只呆呆的坐在那裡。

「這兩首曲子應該不太陌生吧？」男子的聲音平靜的問道。

「是……聽得入神……不知說什麼好……」

「洞簫的聲音，有一種寂寞的味道，特別是在晚上聽來，更是如此。」

男子撫著那竹子製成的洞簫，更像是自言自語。

七巧看著他瘦削的身形，一股衝動，忍不住問道：

「吹簫是不是得很用力？」

「用力？」男子搖搖頭：「如果必須用力，就不是肺病患者能吹的。」

「原來如此！我一直以為洞簫必須用力吹奏。」

「那倒不必。與其說是嘴功，不如說指功來得重要。洞簫的聲音好壞，基本上還是看選竹子的品質，以及這前四洞，後面後腔，以及下面那兩個洞的距離是否恰好。」

七巧用心聽著。

男子舉起洞簫看了看，用一種尋常的口吻說道：

「這簫是我自己做的，採的是麻利竹，竹頭這邊很粗大。」

七巧露出驚訝的表情，沒想到那洞簫是他自己做的。連樂器都是自己做的，足見這人玩洞簫是有點浸淫和功力。

「妳看，這洞簫取竹子九節，吹奏部分竹的管壁薄，而竹頭部分則管壁厚。」

他將洞簫兩頭向七巧照了照，又說：

「吹簫其實和唱歌一樣，都是宣洩或調劑感情，在這裡，被社會隔絕，是相當寂寞的。」

七巧默默聽著，想著他方才所吹奏的兩首曲子，就是十分寂寞的歌曲。

「我住進來已經一年多了，妳是剛來的吧？」

七巧有點慘然，點了點頭，說道：

「學校檢查出來，要求我休學……」

「妳讀哪個學校？」

「台北第三高女。」

「喔，是很難考的學校，可以算是台灣人子弟最好的女校。」

「你在來此之前，是不是也在念書？」

男子苦笑了笑，回道：

「可以說是，也可以說不是。我在東京外國語學校英文系，讀到二年級，休學做家教自謀生活，不想就害了這個病……說起來，是自己先休學，不是因病休學。」

七巧不好再問下去有關他的身世背景，只訥訥說道：

「這是個十分寂寞的地方，這病也很無可奈何。」

「是啊，號稱是有進無出的地方。不過，我來一年多，也看過由這裡健康出去的人。」男子思索一下：「有命有運，還得靠自己樂觀堅強，說不定有朝一日，能夠快樂的從這裡出去。」

七巧不知要走不走，心中有些不安。難得有個人可以聊些病啊、苦啊以外的話題，十分難得，七巧興味盎然，尤其是剛剛聽那人演奏洞簫，也算一種享受，實在是捨不得就走。然而，畢竟男女有別，孤男寡女在一起太久，有些不宜，何況又是初識。

想到這裡，七巧不免有些為難，訥訥的想要告辭：

「失禮了，能聽你吹奏洞簫，真是極好的感受。」

「妳不是要來看小說的？」

「是，不過……」七巧將手中的書拿起來向對方晃了晃，告辭的話一直說不出口。

「來了一年多，圖書室的書看了不少，不知還有沒有好看的？」男子伸手向她：「妳拿來我看看。」

七巧略略猶豫了一下，旋即將小說遞給男子。

「《復活》啊！同一位作者，還有一本《戰爭與和平》，是本像史詩的名著。」男子順手翻了下那本小說，書中夾著的某種事物，突然令他怔住了。「這是……」

七巧像祕密被拆穿的頑童，霎時面紅耳赤，結結巴巴說道：

「只是一時好玩，在地上撿來，也不知是誰人所寫？」

原來七巧那日在溪邊撿了兩片用毛筆字寫著漢詩的落葉，因為好奇和喜愛，隨手夾在書頁之中，連借了兩三本書都捨不得丟掉，不想竟在無意中被對方所看到。

「妳幼時讀過漢學仔？」

七巧依舊臉紅紅的，她搖搖頭，十分不好意思：

「不過是公學校讀了一些……我已經說過了，是一時喜歡撿了來……那天一個人在這附近，見地上寫了漢字的落葉，覺得新鮮，就……把它丟了吧，也不知是何人所寫。」

「不，留著，留著。過兩日我拿些東西來和妳對照對照。」男子說著，忽爾問道：「還沒請問芳名。」

「我……」七巧簡單作了自我介紹，還解釋了命名七巧的原因。

「很有意思，那妳的姊妹如何命名？」

七巧笑道：

「我父母單單生我一個，其他並無所出。」

「原來如此。」男子作了個恍然的表情，但恍然中又有點疑惑。

七巧也明白他的疑惑所在，因此，苦笑了一下，說道：

「先母幾年前過世了，現在家裡的是後母，雖無所出，但也容不下前人之子，所以，害的又是這種病……伊怕呀！」

「原來——」男子說：「我亦是因後母當家才輟學，自謀生活，不想卻罹了這病。父親生前，我學費不用發愁。三年前父親突然過世，家中開的汽油機油行落入後母的拖油瓶兒子，也就是我名義上的繼兄手中，學費便不肯寄了，我一氣之下，乾脆休學。」

「原來，你也是——那麼，現在這裡的療養費，不是也會有問題？」

「哈！」男子大聲乾笑一聲，像自我解嘲般說道：「這倒不成其為問題了。妳知道，這個病，人人談虎色變，怕被傳染，如果我索性賴回家裡，吃家裡、住家裡，理所當然，伊們能拿我如何？如果伊太沒天理，家裡長輩親戚會出來說話，伊也不好受咧。若是我要求分產，那伊們更是不划算。還不如乖乖按月寄點小錢來，省得我回去賴他們。」

「這樣，所有的物業不全落入伊們之手？又不是令尊血脈？」

「有什麼辦法？這世間男子真是愚蠢，明知非親腹生的孩子，後妻一定會想盡辦法打擊和排斥，他們卻往往不顧一切續弦，弄得兒女離散、血脈不繼。」

「這世間好像一直如此。女人喪夫再嫁者，少之又少；但男人失妻再娶的，卻十中有九。這是男人和女人的不同。所以，喪母的孩子多半不幸，他們的未來，不說也可預見。」

「這是人類的愚行，像這種不幸一直不斷在輪迴。」男子搖搖頭，換了另一種口氣：「不過，這一生，也許不會有機會去改變這一切了，這也是為什麼我後母肯按月足額寄來生活費的緣故，伊們可能也在數日子等待我的死去吧。」

「啊！」七巧吃驚的看著男子，不意他竟講出這種喪氣的話。

「說說罷了，在這裡，若是自己不堅強，誰也幫不上忙。」

「是啊，是這樣。」七巧認真的說著，像在自勉又勉勵著對方。

「一直不曾自我介紹，我是鄭飛雄，以後請多多指教。」

「不敢，彼此、彼此。」七巧站起身子，將墊在石上的新聞紙對摺起來，拿在手上準備丟棄。然後對著鄭飛雄深深鞠了個躬：「失禮，告辭了。」

「請慢走！」鄭飛雄也起身回禮，看著七巧轉身走向病房的方向，突然在後追著說道：「明日此刻，我依舊在這裡，我有東西給妳看。」

七巧回頭看了他一下，匆匆又行了個禮，唯恐別人看到，加快了腳步和心跳，急急忙忙往病房的方向疾步而去。

3

在相約的時間、地點越走越近的那一會兒，翁七巧一顆心提得高高的，一方面慶幸天氣依然晴朗，不會阻礙她赴約；另一方面又相當猶疑，不知自己去和一個素昧平生的男子相約，是否是件妥當的事？

這矛盾的心情，自昨天起便一直折騰著她，最後，她想到自己患了這難纏的病，來日不知還有多久，一味的壓抑，是不是太虧待自己了？何況，在這冗悶、無聊而希望渺茫的療養院裡，有一個能傾談、消磨無聊時光的對象，實在太難得了，她真捨不得放棄呀。

七巧終於來到約定地點。

其時，只見鄭飛雄席地坐在木屐之上，正就著石凳，懸腕以毛筆在一片闊葉上寫字。

七巧嫻靜文雅的說了聲：

「失禮！」

旋即靠近石凳站著，微微俯身靜看鄭飛雄寫字。

那葉子離枝約莫有段時間了，葉面冷成紫紅色，只有葉脈部分還是綠色，像萬手伸向天際，紅綠相稱，煞是好看。

七巧只見葉片上已寫就三行字，鄭飛雄正在寫第四行字。

我心本如月
月亦如我心
心月兩相照
清夜常相尋

七巧讀著那四句詩句，忽然心下一動，失聲問道：

「原來，我撿的那些葉子，全是鄭樣寫的，我竟不知……」

「是啊，我隨便亂寫的東西，竟讓妳撿起，我覺得相當難為情。」

「不是，難為情的是我，我……」

「大家都不要在意了吧。」鄭飛雄扶著石凳站起身子。七巧生就不矮，但他比七巧還足足高出半個頭來。

七巧微微側身讓了讓，使兩人之間維持恰當的距離。為免尷尬，她還藉故說了句閒話：

「這葉子還挺漂亮的，葉質也適合毛筆的墨汁。」

飛雄笑笑，回道：

「這是雀榕的葉子，妳看看它的形狀，非常好看，更勝它的顏色。」

七巧拿起雀榕的葉子，仔細照看。

飛雄這又自石凳上拿起另一片更大、葉形更圓的、有部分枯黃而略乾的葉子，說道：

「這是血桐，比較起來，它的葉片較薄，易乾枯，而且會破，保存不久。不過，寫起字來，反而容易吸墨汁。」

「我對這方面知道不多。」

飛雄一笑，說道：

「我也知道這幾種而已。」

「我沒想到你漢詩記得不少，毛筆字又很俊秀。」

「那是拜小時讀過漢學仔之賜。讀了外語學校之後，這些漢詩和習字，就都成了嗜好，反而常常去誦它、寫它。」飛雄輕輕一笑：「到了這裡，它們便也成了修心養性的途徑。」

「這豈不很好？你又吹簫又習字，還兼吟漢詩，一點兒也不寂寞。」

飛雄沉默了一會兒才說：

「不寂寞是騙人的，到了這裡，哪有不寂寞的？」

「我剛來那幾天，不知道有圖書室，整天不知幹什麼才好。」

「唱唱歌不也可以解悶？」

七巧知道飛雄說的是那一日他偶然聽到她唱歌的那次，有些赧然，訕訕說道：

「隨便唱唱，不想就被你聽去了。」

「唱歌是好的，最少表示清心。在這裡這麼久，很少聽人唱歌。誰有心情唱歌？所以那日聽到歌聲，我十分好奇……」
七巧有些難為情，因之顧左右而言他：
「那日鄭樣說有件東西要給我看，莫非就是習字？」
「翁樣真是聰明。我寫在葉子上的漢詩毛筆字，竟然被妳撿去收藏，實在不能不說有點宿緣，因此，我想讓妳知道……」
七巧聽他這一說，心中泛起某種異樣的感覺，一張臉莫名其妙便飛紅起來。
那飛雄佯作未見，俯下身去拔起一支三葉草，對七巧說道：
「台灣話這叫鹹酸草，妳吃過沒？有點鹹鹹酸酸的滋味。這種草可以鬥著玩。」
飛雄說著，用手將三葉草的梗，自葉下將之折下，只留小細細的一絲，遞給七巧：
「妳拿著，我教妳玩。」
七巧接過那株三葉草，見飛雄又俯身在三葉草叢中拔下一支，同樣的方式折下葉的莖，只留下細細一線。
「現在，我們用這兩根鹹酸草互勾，誰的先斷誰就輸。」
七巧依言將手中的三葉草向前晃著，葉片向下，與飛雄的葉片互相勾住，兩人俱都稍稍用力想要將自己的三葉草拉開。如此週而復始，沒兩下，七巧的葉片就被扯斷了。
「我再做一根給妳。」
新的一根加入戰況，不一會兒又被飛雄的扯斷。

飛雄哈哈一笑，說道：

「妳知道制勝的祕訣在哪裡？」

七巧搖搖頭。

「妳看！」飛雄將自己的三葉草葉片翻過來，露出梗的部分，說道：「這是暗中做手腳，靠近葉片部分的梗，我留下一截，不曾齊葉撕下，所以比較堅固耐拉。」

「不行！這不公平！」

「玩玩的，不必當真。」飛雄得意的哈哈大笑，笑過之後，才說：「我們散散步吧。」

七巧還挺不甘心，追著說：

「早知你會要伎倆，就不跟你玩。」

「下回妳找個妳擅長的，可以報一箭之仇。」飛雄說完，自顧自往前向溪畔走去。

七巧跟在他背後，心裡想著：這人童心未泯，倒像個孩子。若不叫他害這個病，倒是個樂觀明朗的青年。

兩人在溪畔，一前一後走了一段路。飛雄忽的住了腳，指指河中，對七巧說道：

「看到沒有？溪裡面靠近水面的地方，有許多很小很小的、肚子凸出來的魚，那是大肚魚，長不大，生命也很短。」

七巧順著他所指之處，果然看見那種魚身透明，幾乎可以完全看到腹中器官的大肚魚。

「自然界真是無奇不有。妳看，對面那棵樹上……對了，就是那裡，有隻白頭顏仔，看到沒？頭上的羽毛有塊白色，身體像雀鳥，卻比雀鳥大。春天到了呢，萬物都動起來了。」

七巧隨著他，安靜的看著樹上停棲的白頭翁。

飛雄忽說：

「我們現在似乎只看到一隻白頭額仔，等一等，我讓妳看看這林中有多少！」

飛雄邊說邊在地上撿起一塊石頭，向上望對岸的樹梢一丟，剎那間，飛鳥像輻射一般，向四周的天際飛射四散。

「春天來了時，看花、鳥、樹木最知道了。」飛雄臉上有種沉思的表情：「田裡面，現在又到了插秧的時候。」

「貴府不是種田的吧？我記得你說是開汽油機油行？」

「是啊，但稻田到處都有，小時候，常常在田裡面廝混。大人巡田水、挖水道、修田埂，一群孩子就跟在屁股後面看熱鬧，有時候碰到大人歡喜，還會分一些挖到的泥鰍讓我們帶回家。」

「我們住在市場邊，倒是很少到田裡去。」

「那是當然，妳又是女子。」

兩人慢慢走到溪水的西側，由那裡可以看到圍牆外山坡上的梯田，以及另一邊的茶園。

「妳看看站在水田中央的白鷺鷥——啊，飛起來的姿勢優美極了！可惜叫聲卻像烏鴉，呱呱呱的，一點也不悅耳。上天造物，總是不會讓牠十全十美，人也一樣，沒有一個人是沒有缺憾的。」

七巧默默聽著。可不是，沒有一個人是沒有缺憾的。

兩人在那裡佇立良久。飛雄忽然回頭對七巧說道：

「能夠在這裡和妳結識，真是值得慶幸的事，我非常珍惜。」

七巧默默低下頭來。

飛雄又說：

「如果我的生命只剩很短，我會珍惜這有限的、但卻是萬分珍貴的相遇。萬一能夠從這裡健康的出去，我希望能和七巧樣共度以後的人生。」

不等七巧回答（事實上七巧也不知該如何接腔），飛雄又說：

「我們以後都在今天那個地方相見，如果有什麼留言，就把它放在那顆大石下面。」

「可是，如果讓別人知道了……」

「七巧樣，我們是今天不知道明日還在不在的人，為什麼要去管別人的觀感呢？」飛雄正色說道：「生命對我們而言，是既短暫又急迫的，我們連要好好的享受、相處，都怕不夠，哪裡有多餘的時間去考慮別人？而且，在療養所的其他人，也都應該了解這種感覺吧。」

飛雄那種急迫而義正辭嚴的語氣，使得七巧無法再置一辭。

她十七年的生命，母喪是一個大轉折；然後，就在這幾個月當中，急遽而連續的翻轉出許多變化……讓她連細想的時間都沒有。

從春天到盛夏，鄭飛雄和翁七巧，幾乎不曾一日不見。

七巧不是很清楚飛雄的病況，只知他常咳得滿臉通紅，印象裡，他的病似乎比她的重，但那也只是她個人的揣測罷了，不曾向醫師印證過。

他們二人，像是唯恐來日無多般，貪婪的、急迫的共享二人相聚的時光。

七月裡的某一天，秋桂在一陣急咳之後，一口痰梗在喉中，經七巧緊急召人幫忙，大家手忙腳亂將伊送到急救室。

痰一直無法咳出，醫護人員將一根管子直接經由秋桂口中插入，說是抽痰之用。痰有沒有抽出，無人細曉。秋桂捱到那天夜裡過去了。

七巧沒有看到伊噓氣的樣子，急救室裡的人，怕病患擠滿該處，不好做事，連趕帶哄勸走眾人。

但是，那樣的異物——粗管子插入病患口中，是何等痛苦和凌遲！

七巧被那種急救的景象驚嚇住了！

秋桂在送急救後又大量咯血，血塊堵住了大氣道，再度發生窒息。

於是，管子就一直插插抽抽的。秋桂躺在那裡，任憑人擺弄著她，看起來絲毫未曾動彈。

在由急救室走回病房的途中，七巧一直抽抽搭搭哭著。她哭秋桂命在旦夕，身邊沒有半個親人；也哭秋桂人尚有一口氣在，卻得接受這種不人道、卻又似乎是必須的搶救手段。

當然，兔死狐悲，七巧也哭有朝一日，自己說不定會和秋桂一樣，經歷這相同的過程。哭是悲哀，但更多的則是驚懼：對死亡的敬畏，對生的不可掌握……

第二天一早就得知秋桂的死訊了。

院方早已著人通知死者家屬，因為肺病死者火化是杜絕傳染的最佳途徑。時序已熱，屍體不禁放，所以希望速速火化。

秋桂的丈夫和兩個兒子，遲至第三日才來。在此之前一日，同榮已和七巧合力為秋桂擦洗過全身，並換上秋桂最好的衣服。

同榮在做這些事的同時，一直沉默不語，和伊本性大相逕庭。直到換裝完成，才吁了口氣，幽幽說道：

「將來我走之前，也要勞煩妳為我做這最後一件事。」

已如驚弓之鳥的七巧，反射式的回道：

「莫再說這種話了！同榮姊！死了一個還不夠嗎？」

同榮倒是很平靜：

「人不免一死，我這個病，眼看是不會好了，早晚的事。早點將後事託付給妳，免得大限到時，昏迷不醒。」

「同榮姊——」

七巧未乾的淚旋即又滾了下來。她最不能忍受的，就是同榮這種對自己落阱下石的個性，而且偏偏都揀最不該說的時候說。

秋桂的遺體，一等伊丈夫及兒子來療養所，便準備火化。

火化前，照例由所內負責的執事念一段經文。七巧什麼都聽不懂，只聽得一句「南無阿彌陀佛」，出於本能，她也一直在靈堂前隨誦著佛號。

火化時，七巧只瞥見一方薄板，不敢近前。

同榮說：

「人就那一口氣在，一口氣不在，什麼都不用計較了。」

七巧不曾走出火葬場去看那根粗大的煙囪，此時，它應該正冒著裊裊的、焚燒屍體的黑煙吧。

秋桂的死，對七巧和飛雄都是一個極大的震撼。

數月來，飛雄已聽慣七巧提及秋桂和同榮的種種。秋桂病況嚴重，每咯必血，其實誰都知道她的死只是早晚的事。但是，一旦真的發生了，仍然給人相當大的震撼。

那日黃昏，在約定的老地點，飛雄一反活潑的個性，只默默無言拉下一截竹枝，坐了一個有把手的圈圈。然後，他在林葉間翻找，終於找到一個蜘蛛網。飛雄將竹圈拿去沾了許多橫七豎八的蜘蛛網，旋即又跑近溪邊，七巧一看，才知他去黏捕蜻蜓。

不等七巧發話，飛雄已用沾了蜘蛛網的竹圈黏了一隻紅蜻蜓。

「小時候，我們常常用這個方法抓蜻蜓。」

七巧說：

「放了牠吧，何必毀一條命？」

飛雄用右手的拇指和食指輕輕將黏在蜘蛛網上的蜻蜓雙翼拈起，兩指一放，那蜻蜓顫了一下，倏的又飛入溪面。

飛雄擱下竹圈圈，拿起揣在懷裡的洞簫，就之於口，開始吹起一段聽起來十分憂傷的曲調。

七巧坐在他身旁，默默聽著。一曲既畢，飛雄說：

「這是台灣人的哭調仔。再吹個〈三步珠淚〉，把鬱卒給吹掉。」

〈三步珠淚〉沒吹成，飛雄一陣急咳，咳得一張臉飛紅，邊咳邊掏出手帕，緊緊壓住口鼻。飛雄實在咳得太嚇人了，以致七巧不敢伸手拍撫他的後背。

那管洞簫，原來拿在飛雄手中，飛雄劇咳，急忙去掏手帕，被擱置在膝上的洞簫滾落地上，七巧急忙將之撿起。

飛雄的咳聲好不容易稍止，七巧見他吐出了東西在手帕上，不敢問也不敢細看。

飛雄慢慢將手帕移開，看了一眼，忽然將之攤在膝上，對七巧說：

「我們一直說，要從這裡健康的出去，那全是騙人的謊言。」

七巧瞥見吐在手帕上的痰液，有少許的血絲。血量雖少，卻也觸目驚心！那是相識許久，她第一次如此接近、如此面對飛雄的病況！

「妳的病比我輕許多，我看，我亦不用自欺欺人，亦不可害妳，從今而後，我們二人就當作未曾認識，不要再做堆了！」

「飛雄！你……說什麼話？」七巧急得眼淚都掉了下來：「在這裡，沒有人死是騙人的，我們只是剛好看到認識者的死……可是，你不是一直說，一定要自己堅強，這種病，非得自己樂觀和努力將養不成？」

「我是，我怕誤了妳啊！」飛雄痛苦的將整隻右手掌伸入髮際：

「我這個病，未進療養所前就咯過血了，將近兩年，亦未見好，人一直瘦，食慾又不好……自認識妳之後我對自己發誓，一定要好起來，將妳迎娶，讓妳託付……可是，我咳一咳，仍然經常有血絲，我也會失去信心，怕耽誤了妳……」

「飛雄，我們這樣說好了，不提兩人之間的情義，你且看我，帶了這個病，誰人肯娶我？我在這裡，亦是只有等這一個字，要嘛等死，要嘛等出院，橫豎是等，就與你一齊等，一齊抱著希望……」

「七巧，妳的病比我輕，萬一將來我……，那就真正耽誤妳了。」

「這病是輕是重，只有醫師知道。但往後要輕要重，卻全靠自己將養。你若真為我想，就拿出精神和男子漢的毅力來，你病好了，才能給我幸福，其他說什麼都沒用。」

飛雄逐漸平靜下來，半天才說：

「在這裡，有時候像要發狂，常常死人，到處都是病懨懨的患者……我有時擔心自己撐不下去，會瘋掉……」

「我們自己努力將養，其他亦只有看天。但是，萬事都要朝光明的地方看，不然，很容易就消沉了。」

「秋桂的死，使我震驚，畢竟是周圍的人。」

七巧撫著那管洞簫，有感而發：

「簫聲太淒涼，這陣子暫且不要吹它。而且，我也懷疑吹簫須用力，對肺不好。」

「沒有的事，簫若是得用力吹，那就不對了。妳瞧，一點也無須用力。」

飛雄示範式的表演了一下，看看七巧的臉色，遂也點點頭：「如果妳擔心，那我就暫時不要吹它。」

說著，便將簫遞給七巧：

「妳收著吧。」

七巧往後退了一步，搖頭說：

「我並非要管束你，所以不會為你保管這簫。而且我亦知道這管簫對你，意義重大。身體好時，想吹就吹吧，我不過是怕你傷身。」

飛雄想了一下將簫收了回來，擱在石凳上，探手入懷中，掏出他的懷錶，遞給七巧：

「一直想要給妳一樣有意義的東西。這懷錶，是我父親帶我到東京外國語學校入學時買給我的。不到兩年，他就過世，我一直視如珍寶，小心戴著它，現在我把它給了妳。」

七巧縮回手，搖頭道：

「既是這麼重要的東西，我不能拿。」

「給妳作信物的東西，自然不是隨便就可以出手的。請妳拿著，我鄭飛雄若是這輩子能健康走出這療養所，一定要迎娶妳翁七巧作妻室。我對天發誓，這輩子非卿莫娶。」

「飛雄——」七巧的眼眶一下子紅了起來。她接住飛雄塞到她手中的懷錶，輕輕用指尖摩挲：「我……不知怎麼說才好……」

「妳不用說，七巧。我給妳這個錶，純粹只是代表我個人對妳的信守，若是出不了療養所，自毋待言；若是出了療養所，我一定會娶妳。不過，就像我方才說的，七巧，那只是代表我對妳的信守，相反的，我不會要求妳什麼，妳亦無須向我作什麼約束，因為，或許我終於出不了這療養所，妳可以，不，是妳應該好好去找個適配的對象成婚，不可惦念著我誤了前程——」

「你胡說什麼？飛雄！」七讓脹紅著臉，大聲說道：「你將我翁七巧看成什麼樣的人？是如此沒有信守和情義的女人嗎？」

「不是，我不希望耽誤妳的前程，我們二人說好——」

七巧突的站起身子，又「噗」的直挺挺跪向地下，當天咒詛：

「我翁七巧此生只適鄭飛雄一人，若有二心——」

七巧的話，被飛雄以手掌遮住嘴而沒有完全說出口。後者將她自地上拉起，又急又憐的罵道：

「妳起痟嗎？這不是我本意……我們雖互相意愛，但亦得用理智看事情，我如今有這種病，是否能夠託付尚未可知，我是要看著妳幸福的過下半輩子，不要拖累妳！」

「你生這種病，我亦生這種病。我們索性如此約定：病好了，我們結婚；病不好，就相伴在這裡過日子。不要再講誰好誰不好的言語，聽了刺心啊。」

「七巧——」

七巧滿臉的淚：

「真的，聽著刺心啊！你只顧一個人講，可曾想到我聽著，一顆心像被刀割針刺一般，痛不可抑！」

飛雄用力將七巧拉進他懷裡，兩隻手熱切的撫摩著她一頭秀髮：

「不講了，不再講了，就這般約定。若是今生不能做夫妻，就等來世。」

「是——」

「那麼，這懷錶，妳好好留著。」

「我留著——」

十七歲的翁七巧，與二十三歲的鄭飛雄，在相識半年後，彼此有了終生相守的信諾和決意。

4

八月十五中秋暝，有那病情較輕，或病情不輕、但家人不嫌的療養所的病患，紛紛在吃過午飯後，離開療養所，回家和家人共度中秋。

鄭飛雄與翁七巧，照例約在溪邊見面。飛雄拿出兩片紫羊蹄甲的葉子，交了一片到七巧手中。

「這葉子生得巧，相依相偎的兩片合成一葉，我把咱們兩個名字寫在兩邊，好像是兩葉併成一葉，象徵同心相守。妳留一葉，我也留一葉。」

七巧接過樹葉，仔細用自己的手帕將葉子包好。

「月圓人圓，若是明年能在外頭一起過中秋節，那該多好！」飛雄不由嘆了口氣：「只怕是個奢望。」

「又來了！才說不再喪氣的。」

飛雄笑笑。昨晚咳了一夜，咳到幾至不能成眠。這咳使他對自己的康復沒有信心。可痰中的血絲這兩日卻又少見了，這一現象，又反增強了他原本薄弱的信心。

其實自發病以來，飛雄的情緒，便一直在高高低低的起伏中折騰著。精神好時，彷彿整個世界都光明起來；精神倦怠，馬上又像世界末日，即刻聯想到許多和死亡有關的事。

「雖然不能回家過年，但能和妳在一起，心裡一點也沒有寂寞淒清的感覺。」

「如果能有自己的家，那就更好了。」七巧信心滿滿的說道：「最近一直受到你的鼓勵，精神很好，以前那種動不動就疲倦的現象，好像減少許多。說不定過一個年，我們就能出去了。」

飛雄見七巧興致高，便也湊趣著說：

「是啊，我這兩日雖也咳，不過很少看到血絲，說不定正逐日在康復中。」

「那太好了！」七巧有些靦腆、卻又掩不住得意的說：「我姨娘老是攛掇我父親，說給女孩子讀這麼多書，難道要伊嫁做皇帝娘？那女人沒識見，以為我嫁不到有學識的尪婿……若是見到你，不知伊要怎麼說？」

飛雄愛憐的拍拍七巧的肩頭，笑道：

「有學識還須得有才情，才能使妻小幸福。現在，我家那些家業，眼看都已落入我後母和那繼兄手中，不是不能要求分家，只是怕得大傷元氣有一番爭執……」

「你家那家業，我們不要了吧。我父親田產那麼多，又只有我一個女兒，雖是後母作梗，料他亦不可能叫我空手嫁出。隨便一兩處物業，我們就不愁過日子了。何必跟你後母去爭？」

「大丈夫男子漢，豈能靠裙帶關係過日子？我學的外語，雖未畢業，也勉可運用。出了療養所，我去找一家做貿易的公司上班，富足奢侈的日子，或者辦不到，不過，中等以上溫飽的日子應該沒有問題。」

「原來，我打算高女畢業後，再教育先修科一年，出來即可當小學教員。可惜卻得了這個病，弄得竟要休學，高女也不曾畢業。」

飛雄看七巧情緒又見低落，忙笑著說：

「這哪能叫可惜？若是不休學，哪會在這裡遇到我？這是宿緣呀，該當感謝這病。」

七巧聽這一說也笑了。

「或者我病好了去復學，再讀一年教育先修科，總共要不了三年。」

飛雄搖頭，說道：

「那不成！我要等到何時才能將妳娶進門？妳也知道，妳家我家都是人丁單薄，我們一結婚，最好生他十個八個，人丁興旺。」

七巧掩嘴笑道：

「誰人幫你生十個八個？又不是豬母，一胎好幾隻。」

「多人多福氣。」

「多子餓死父。」

兩人笑鬧一陣，卻是有些變天，天色一下子烏暗起來，開始落了幾滴米粒大小的雨點。

「怕是會有大雨，也起風了，」飛雄看看天色：「怎的好好一個中秋竟落雨，大家都別賞月了。」

七巧也皺了眉，嘟嘴說道：

「真掃興！回病房可真悶！」

「不回病房……」飛雄沉吟著：「這病怕受風寒。受了風寒咳嗽，加重病情。須找個地方躲雨，不讓淋溼身子。」

說著，掏出了手帕，抖開來鋪蓋在七巧頭上，七巧說：

「你遮吧，我沒要緊，若是你受涼再咳就不好。」

「這雨真下起來，即使一條薄薄的手帕也沒用，須找個地方避避雨——」飛雄蹙眉想了一下，沉吟著，「圖書室今天可能人少，不過……有了！我們去桐伯的工寮待到雨停。」

「桐伯仔？」七巧的手被飛雄拉起，兩人離開樹下，飛雄見離開樹蔭，隨即鬆了她的手。

「有沒有？做園的桐伯。他今日定也回家去了，他是有家有後的人。」飛雄說著話，逕自領頭往園丁伯的工寮行去。

七巧後了他兩步，緩緩跟在背後。園丁伯的工寮，她日日自病房往溪邊，不是遠就是近，全要經過。可卻無一次進去過。至於桐伯仔本人，相遇相會微微頷首，卻從未有一語交談。因之，七巧擔心的問道：

「妥當嗎？」

「沒什麼不妥。桐柏仔也喜歡弄簫聽簫，我們熟稔。」

「可是——」

「桐伯仔不是愛說閒話的人，更何況，此時他定必回家去了。沒要緊的。」雨落得更粗密，飛雄加速腳步，頭也不回的說道。七巧無可奈何，事實亦不知該往何處，只得也加緊腳步跟在他背後兩三步遠的地方疾走。

桐伯子的工寮，木門虛扣，甚至還留了半人寬的縫隙。

飛雄在門外，對著半人寬的門縫喊道：

「桐伯仔——桐伯仔——有人在嗎？」

飛雄等了一下，回頭對七巧說道：

「人不在，這會兒落雨，他亦不可能在園裡工作，我們進去坐會兒，等雨停了再出來。下雨後的黃昏，水邊有許多蜻蜓……」

飛雄動手拉開木門，領著七巧進去。

「裡面可真亂，全是他的工具。」

「桐伯仔住在這裡嗎？」

「應該是吧？」飛雄邊環目四顧，邊往裡走：「不然他可有哪裡可住？」

「照管一個園子，竟要用這麼多鋤啊、耙的，我倒是沒想到。」

「他還負責清掃，那可是個繁重的工作。」飛雄眼看外面這一間已走完了，裡面不知是什麼所在，畢竟是人家住的地方。因此，他站在廊口，對著裡面又喊了幾聲：「桐伯仔，是我啊，桐伯仔——」

沒有回音。

「進去看看。」

走過短短的廊道，先是一間起居室和廚房的混合，飛雄說：

「桐伯仔不是肺病患者，他自己煮食吃，不吃療養所供應的飯菜。」

再往後走，則顯然是桐伯仔的臥室，釘了半人高的榻榻米。榻榻米上開了一扇小窗，窗下就置了一張矮桌。

飛雄退了出來，拉著七巧走到起居室，說道：

「我們就在這裡坐會兒，雨或許下下就停了。」

起居室有張應該是桐伯自己釘成的木桌和三張圓凳子，大約作為餐桌之用，上面放著一碗籃餐具、一個茶壺和四個杯子。

飛雄說：

「桐伯一個人住，廚房卻像一家子人用。」

「一個人，一定很寂寞吧？」

「可是，他是個健康的人。」飛雄四處看看，若有所思的說道：

「健康是很大的動力，最起碼不必困在這裡。做什麼事，都不會有身體的顧慮。」

「所以我們要好起來。」

「是啊，這是個理想。不過，肺病的療程太長了，而且痊癒率又不是很高……我常常覺得像被困在孤島，或是困在海上。」

起居室裡開著一扇小小的窗。變天以後的午後天光，透過毛玻璃滲進屋內，像罩在夜霧裡小船艙房的一角。

「決定休學之後，從神戶搭內台聯絡船回台灣，雖然搭的是一萬噸的蓬萊丸，可是心中亦覺像困獸一般，非常鬱卒；那時我父親已經過世，雖然還沒有發病，不知自己是個肺病患者，但最親的人不在了，書也讀不下去，覺得前途茫茫……」

長到十七歲，七巧不曾離開過台灣島，亦不知搭船的滋味，但飛雄那種徬徨與鬱卒，她倒可以感受幾分。

「住在三等通鋪裡，捱過四天三夜的船程。心情真悶，何況還有警察找麻煩，盤問東盤問西。」

警察位階小、薪津低，然而權力很大。他們可以不經審判，將百姓拘留二十九天之久。因此被警察纏上是挺討厭的一件事。

飛雄的臉，在黯淡的光線下，看來比平日成熟，他的思緒似乎自過去的回憶中拉了回來，他轉眼看著七巧，自嘲的笑了一下，說道：

「患病之後，人就容易胡思亂想，我從前不是這樣多愁善感。」

「我知道。可是，你要盡量堅強啊，因為你的心情如何，對我影響很大……我們彼此會互相影響，你灰心，我也跟著灰心……」

「知道、知道。」飛雄提起興致，說道：「肺病的人，陽光和新鮮空氣非常重要，我們認識之後，常常往園子裡跑，目的是為了見面，但卻使我們大量接觸了陽光和新鮮空氣，說不定這是另一個大收穫……對我們的病，大大有益。」

「但願如此。」七巧也十分興奮的說：「我以前學寮裡有位室友，名喚百合，可是卻是一點也不白，她曬得黑黑的，兩頰經常紅撲撲，看起來真可愛。她高我一屆，畢業後預定要報考先修科，我覺得她有領袖氣質，做孩子王挺適合。」

談起學校，飛雄亦兩眼發亮：

「我們同班，也是嘉義去的郭君，不知怎的，每月錢都不夠用，老向我借支。後來欠款達到三十七元，我不肯再借，他日子就過得十分痛苦的樣子。沒想到我父親過世以後，後母錢愛寄不寄的，他倒自動每月還我七元八元不等，到我離開時，還是靠著他的三十元才湊齊船票……我回來後，卻一直沒跟他聯絡。」

兩人陸陸續續談起一些同學，充滿懷念、喜樂與甜美的回憶。

「嘿，雨停了，天也黑了，咱們回去吃飯吧。」飛雄站起身子，用手拉著故意賴著不起身的七巧：「晚飯後，如果天晴，我們再出來賞月，沒有月亮，就散散步。」

兩人先後走到外面的工具間，飛雄詫異的問道：

「妳進來時關了門嗎？」

「應該沒有吧？」七巧不太確定的回答。

「奇怪！」

飛雄搖了下頭，隨即微屈下身，用雙手拉門。

「糟了，門好像被從外面鎖住了。」

飛雄說著，又更用力的拉著兩扇以滑輪分立兩邊的木門。

「糟糕！是真的外面上鎖了！」飛雄焦急的左顧右盼，開始在找其他可能的出口。

七巧跟在他背後，只差沒有哭出來。

「是誰將我們鎖住的？會不會是故意？」

飛雄轉進起居室，四壁找著出口。

「窗太小了。」他審視著窗戶，而且用手試圖拿下玻璃窗：「況且又年久不曾動它，全都卡住了……要是勉強要拿下，恐怕會破壞……」

飛雄轉入桐伯仔的臥房，對著泫然欲泣的七巧邊解釋邊安慰：

「別急，別急，一定有辦法的。」

「是誰……竟如此做？」七巧以哭腔問道。

「我想應該不會有別人，可能是桐伯仔匆匆忙忙要離開，未料到裡面有人，匆忙上鎖就……回家去了。」

七巧一聽，六神無主：

「那……我們怎麼辦？」

飛雄未答，仔細試過窗戶，又尋著可能的出口，最後廢然回到七巧面前，說道：

「或許我們今晚只好困在這裡，等明天桐伯回來開門。」

「那我們……怎麼辦？」

「如果強行開門的話，不知能不能打開？」飛雄未等說完，急急跑向前面，用盡各種方法，左突右進，那看似老舊的木門，卻依然屹立不破。

飛雄轉頭在尋找工具：

「如果破門的話……不知桐伯仔會不會生氣？」

「不太好吧，」七巧憂心的提醒飛雄：「這木門不僅中間那塊板而已，裡外都釘上交叉的柴桿，又粗又耐，這些工具中，又無斧頭，只怕不易破開。」

飛雄想想無奈，忍不住埋怨道：

「這桐伯仔也真是，如此冒失，要回家也不進來看看！」

「是我們自己不好，不曾知會他就進來。」

「他這種地方又無貴重之物，何須上鎖？」飛雄悻悻的恨道：「關在他這裡，又不能亂用他的東西，我們可真慘！」

桐伯仔此處炊具俱全，諒亦有米糧留著才對，然而，飛雄與七巧俱是肺病患者，他們不敢擅用桐伯仔這健康者的炊具和餐具。

飛雄仍未死心的四處搜尋著出路，邊找邊嘀咕：

「也沒個後門的……」

說著，動手捻亮了每一個房間的燈泡，說道：

「若是有人看到桐伯仔這裡的電火，說不定會來看看究竟。」

七巧悲觀的說：

「誰會注意桐伯的電火？誰人知道他在或不在？」

「說得也是。」飛雄焦躁的走動著，忽然停住腳，問七巧說：「一餐不吃，妳捱得住吧？」

「應該沒問題——桐伯仔明早可會回來？」

「會吧，他是領薪水的，哪能回家太久？」

「那你呢？」七巧擔心的反問：「你的身體可以吧？」

飛雄故作幽默，說道：

「只要妳不哭就可以了。」

七巧聽如此一說，難為情的破涕為笑：

「誰哭啦？又不是孩子！」

「妳不哭我就安心。既然出不去了，就來想想要怎麼消磨時間：可惜沒帶洞簫和筆墨，他這兒又什麼都沒有。」

「坐著說說話吧。」

「老說話，口會乾。我去看看。」

飛雄說著起身到廚房去，在桐伯仔撿來當灶柴的枯枝堆中抓了一把，一回頭見七巧緊跟在他背後，神色有些驚惶。忍不住動問：

「是怎的？身體還是什麼事？」

「我怕一個人待在無人的地方。」

「傻瓜！我們在同一屋子呀。不要怕。」飛雄一手抓著枯樹枝，一手拉著七巧：「來，來玩些遊戲。」

飛雄拿出一枝較細的枯樹枝，遞給七巧。

「妳莫讓我看見，將樹枝折成長短不齊的幾截，放在手裡，藏住大半截，只露出上面一小截，讓我猜猜哪一截最長或最短。等一下再換我讓妳猜，看誰贏比較多次。」

七巧一聽，童心頓起，果真如法炮製，兩人玩了會兒這孩子玩的遊戲，不久亦玩乏了，飛雄揀出一株有丫的竹枝，對七巧比劃著解釋：

「小時候，我們常常揀出這樣的竹枝，再繫上粗橡皮，就成了打鳥器，很準喔，石頭放在橡皮上，如此一拉一彈，咻的就出去了。」

「真是殘忍。」

「是啊，說起來是真殘忍。」

夜才開始，還很年輕，兩個青年男女對坐一室，儘管這相處機會如此難得又如此夢寐難求，然而，隱隱然之間，卻似乎淌著一絲絲不安的氣氛。

「累不累？」飛雄其實是感到有些疲累了，入療養所以來，那種稍稍活動就疲累的感覺，一直咬住他不放。但他不服輸，如果乖乖的不敢動彈，豈不就像個十足的病人？他還如此年輕，才不甘心就此臣服！

七巧搖搖頭，打起精神又想起另一種排遣時間的方法：

「我用任何一隻手指頭點你的頭頂，讓你猜是哪隻手指。」

飛雄意興闌珊，笑說：

「那是女子玩的遊戲。」

「怎麼會？遊戲哪分男女？」

飛雄無奈，只得依了她的方法，玩不多時，遊戲本身變化不大，漸漸就不來勁了。

飛雄問她：

「小時和誰一起玩？」

「沒有姊妹，進了台中女子公學校之後，才和同窗一起玩。」

「我不同，小時雖無兄弟姊妹，但堂兄弟很多，並不寂寞。本來我是有個弟弟的，我母親死後不久，那時才剛滿週歲的弟弟，也突然帶不活。聽鄰居那些三姑六婆說，是母親不放心，來將弟弟帶走……那時可真慘，一個家，半年內死了兩個人。我稍稍長大之後，才明白那時父親要多堅強才撐得住……」

七巧默默將手遞於他。飛雄承接著那手，又用另一隻手，輕輕摩搓著她的手背。半晌才說：

「時間不早了，我們休息吧，明早桐伯仔可能會趕早回來。」

飛雄進入鋪著榻榻米的臥房，跨上床鋪，在棉被櫥裡找到一只枕頭和一條小被。

「將就一個晚上吧。」說著，將被子和枕頭放在榻榻米的一邊，然後自口袋中掏出自己的手帕鋪在枕頭上，對七巧作了個請的手勢。

「你呢？」

「我和衣睡就可。」

七巧只得依言拉著被子坐到榻榻米上。

飛雄自己挪到另一端去，用日語說了聲：「晚安。」

兩個人各據一隅，睡意雖有，卻都無法安心入眠。

那飛雄用手枕在頭下當枕，久了手臂有些痠；而站坐時無恙，一旦躺平，氣就不順，開始咳了起來。起先是三兩下，繼而便咳得驚天動地。

七巧見他咳得辛苦，躺不住，坐起身子將被和枕頭拿了過來，邊動手將被子蓋在飛雄身上，邊說：

「這個給你，我不需要。」

飛雄推被坐起，好不容易等咳聲止了，順了順氣，才說：

「我不是因為冷才咳，妳也知道，咳嗽是躺著時會比較劇烈。妳睡吧，我坐一下再睡。」

「我亦無法入眠，陪你坐一會兒。」七巧說罷，離他半步遠之處，跪坐在榻榻米上。

飛雄想想無奈，起身拿出幾件桐伯仔的衣服，將之摺成枕頭狀，又拿了一件寬大的外褂，權且作被，對七巧說：

「如此或可過一個晚上，被子還是妳蓋吧。」

飛雄說畢，向後靠在牆上，露出疲色。半晌才說：

「看到了吧，像我這樣的男人，可能託付終身嗎？我們還是忘了那些從前說過的傻話，各走各的吧。」

「何以你要如此反反覆覆傷我的心？」七巧眼眶一紅，說道：「明明約束好的，要自這裡同進同出，你卻動不動就反悔，說些令人不知要如何的言語……」

「我是怕自己誤了妳終身。妳瞧瞧我，帶這個病，又無家業。而妳卻是千田大戶的獨生女，雖有後母作梗，妳父親卻依舊能替妳作主找個門戶相當的尪婿。若是被我耽誤，豈不叫我此生難安！」

「你又如何耽誤到我？我自己亦害這種病，何時能好，可不可能走出這療養所都成問題。二人既是有緣相識，又如此投契，早就約好了這一世你不娶他人，我亦不嫁別人，何以你不時要如此反覆？」七巧說到激動處，不禁淚流滿面。

飛雄一見七巧哭成那樣，自己想想，似乎也太不堅強了。因而，只得趨前去扶住七巧，輕輕將之擁到胸前，慢慢拍著她的背。

「莫哭了，莫哭了，是我不對。可是，妳也該看看我的病，不是……」飛雄說著，突然將七巧推開，動手去解自己襯衫的釦子，脫掉襯衫之後，緊接著又去脫裡面那件內衣。

七巧驚懼的瞪著裸露上半身的飛雄。後者痛苦的指著自己的胸廓，說道：

「妳看到的吧，這裡，陷了進去，凹進去……很多肺病患者，都如此……我要妳看清楚，我不知道，是不是會好……我只是希望妳看清楚……現在後悔還來得及……」

「飛雄！」

七巧撲到飛雄懷裡，用雙手緊緊抱住他瘦削的、稍稍凹陷的上半身，哭道：

「你的病，我全清楚，我們已經說好了，這一世人要在一起，不要猶疑，也不再後悔，求求你別再說這些了。」

「好，我不說，我只是希望妳看清楚，免得以後反悔。我這個病，可以說是今日不知明日事——」

「飛雄，我已經決心了，既然這一輩子要在一起，那麼，不管早晚，我們終是要……，終是不逆心，所以……老天讓我們今天關在這裡，就是祂的意思……我是決心的了，我現在就……」七巧說著，亦動手去解自己短衫的前釦。

飛雄吃了一驚，抓住她的手，問道：

「妳幹什麼？」

「我……既是要做夫妻，這是早晚的事。如果我們能離開療養所，自然就會結婚。如果不能離開療養所，我亦……我是不會再嫁別人了，不管將來會不會離開這裡……我要你知道我的決意，今天，在這裡，我們就做夫妻，誰也不會變卦……」

「七巧，不行，我……」

「為什麼不行？難道你會變心？」

「不，不是這樣！」飛雄急得冒汗：「我是怕萬一我先走了，豈不誤了妳？」

「不准亂說！只要我們做了夫妻，你就有責任，不准再有誰先走誰後走的說法。這一世人，我認定你是我的婿，我就是你的妻……」

「七巧……」

七巧年輕溫潤的身體，緊緊依偎著飛雄的身軀；她的臉，是決然的堅毅。

「七巧，我不能，我不忍心……」

「你是存心棄我於不顧，才會如此說。」

「我不是，我是捨不得妳。」

「既是如此，休要多講。」

那一瞑中秋夜，月亮自烏雲間隙探出頭來，暖暖、緩緩的月光，軟軟照在那間工寮的小窗。兩個年輕的生命，此時正嚴肅而激情的把自己的一生，交付給對方。

5

中秋過後不久，天氣急遽轉涼，依舊與七巧約在溪畔見面的飛雄，提早穿了冬衣。雖然想要盡量掩飾顯著頻繁的咳嗽和小量咯血，然而，咳嗽正如愛情一樣，是不容易掩飾的。

七巧可以明顯的感知飛雄咳嗽加劇，兩眼亦因消瘦而更顯清亮而圓大。然而，衝著飛雄講的一句話：「冬天對肺病患者是個辛苦的季節」，七巧寧願相信那是季節帶來的病徵變化，是無須太過憂傷的。

而十七歲，似乎也不是太知道憂患的年紀。

天氣益見陰冷，夾著連綿的冬雨，溪畔再也不是可以見面的地點。圖書室裡交談原就不便，更兼還要顧忌他人耳目。飛雄最後想想，還是只有老桐伯仔的工寮。

自從中秋夜將他倆在工寮裡關了一夜之後，桐伯仔在連連道歉之餘，算是知道了飛雄和七巧的情侶關係，因此，飛雄和七巧亦知無須避著桐伯仔的耳目。

天涼未雨，他們選擇桐伯仔簷下不受風的那一面，坐著聊上一、兩個小時再各自回病房。天若下雨，他們有時就在桐伯仔的工寮外面那間放工具的地方相聚，有時就不聚，等待雨停。

桐伯仔每星期回家一次，再回療養所時，常應飛雄之請，為他帶來一份報紙。

那年十二月十五日，大正天皇駕崩。

次日，裕仁天皇即位，改為昭和元年。

飛雄與七巧在桐伯仔的工寮內合看一份報紙，前者說。

「如果現在還在學校，人人得替天皇戴一年孝，手臂上戴一圈大黑布。」

「比替父母戴重孝還重。」

「不在學校，他們也無可奈何。學校比較好管理。」

飛雄將新聞紙全遞給七巧，自己靠在工寮的外牆上，疲累的喘著氣。

喘了一陣，又說：

「即使貴如天皇，也不免一死，人啊——」

七巧最不願人家提到死字，因此沒有答腔。她只是不明白，這一年來，她和飛雄住在相同的療養所內，吃相同的食物，接受相似的醫療，互相愛戀，日子有大半是一起度過，她的身體似乎日見好轉，而飛雄卻一天比一天衰弱。

即使不該憂患的年紀，七巧也會忍不住擔起心來：萬一真像飛雄最近常有的論調，他的病，或他倆的病都不見好了，難道他們真要老死於此？

或者她該私下求她父親，就讓他們成婚，不管還有多少日子，最少可以二人廝守……能做多久的夫妻就做多久……

愛戀，在入冬之後，似乎也變得沉重而撲朔迷離，充滿未知與不確定了。

日本人的年假剛過不數天，飛雄與七巧約好在工寮前相見。

過了約定時間一刻鐘，飛雄才到。只見他氣色灰敗，人來到先是一陣急咳，七巧迎著他，久久都開不了口。

好不容易咳方止，飛雄勉力說道：

「人很不舒服，我來告訴妳一聲，我……回去休息。」

說著搖搖晃晃的往男病舍行去。

七巧看著他的背影，心裡第一次浮起異常恐怖、異常孤單的感覺。

如此風雨飄搖之中，飛雄休息數日，下回相見，雖不像過去那樣活潑多言，然則，見面的那段時間，他緊緊握住七巧的手，似乎要好好的把握住這一段因緣似的，那握住的感覺，令七巧十分踏實。

農曆年節前，七巧接到父親千田寫來的家書，本來以為，或許是應卯來叫她春節回家過幾天的，誰知竟是通知她後母滿枝的死訊。

那滿枝，通體肥滿，面色紅潤，而且三十未到，誰都想她富貴長壽，會好好享受翁家那些田產。卻不料說是感染了惡性西班牙型感冒，沒幾天就過去了，快得令人措手不及。

千田大約是得自醫生的解釋，所謂西班牙型惡性感冒，原本最早是流行自第一次世界人戰的西方戰場，後來蔓延到好幾個地方，因之而死亡的患者，比諸死於一次大戰戰場上的人數還多，是種可怕的傷風類型。

由於逼近農曆年節，準備不及，只有將葬禮延後。

七巧接到這信，除了意想不到的震驚和愕然之外，實在說不出是什麼感覺。她與滿枝，素來無緣，只有怨懟，再無其他。因之，滿枝的死訊，絲毫未嘗令她覺得悲傷。唯有世事難料，令她多有所感罷了。

一年多前，因她罹有肺病，滿枝執意攆她離家，連讓她到佃農處或其他家業所在休養的雅量都沒有。

誰會想到，當初有病的依然活得好好的，沒病的人卻突然不在了。

不管是世事或天理，在在令人無從預測。

在桐伯仔工寮處的例行會面，七巧將這消息告知飛雄，末了加了些話：

「若是回去，想將你我兩人的事稟告父親，或許我們另找所在定居，好好將養，可能復元得更快。」

飛雄抬起瘦得以致更大的雙眼，無可無不可的看著遠方，說道：

「時日尚早，等要回去再說吧，距此時也有半個月之久——或者妳要回去過年？」

七巧想了一下，說：

「我父親剛喪偶，諒是沒心情過什麼年，況且我們這是認識以來第一個年節，我與你在此過了才是。」

飛雄意興闌珊，笑說：

「此間那有什麼過不過節的？亦是過日子而已。」

說畢，仰靠在牆上，似休息又是喘氣，半天才又開口：

「我若是說了，妳又生氣；我若是不說，卻是心裡不安。」

「究竟又是什麼事？」

飛雄躊躇甚久，才緩緩的說：

「如今妳後母去世了，家又終歸是你們父女二人所有，妳父親往後怕會為了補償這一年來妳在外療養的種種，叫妳回去將養。若是如此，妳該當回去。」

「那你呢？」

「我繼續在此療養，若是好了，自去尋妳。」

飛雄未說，若是不好，又將如何？七巧亦不敢問出，但隱隱然已知他的心意。

「記得過去，我們有約要同進同出。」

「話是不錯，只是現在狀況改變了，那當時，誰會想到妳後母會突然撒手？」

七巧執拗的說道：

「我回去看看，事完後即刻回來。」

「依妳病況，無須在此。」飛雄嘆了口氣：「這地方，不是好好人該來的。何況妳今年已十八，無須在此虛耗青春。」

七巧聽他三言兩語皆是勸她離開，忍不住便賭氣說道：

「原本都說得好好的，卻又在此反反覆覆，弄得人不知如何是好。」

飛雄也逼急了，略略提高聲音：

「我若是有力氣，若是不擔心妳，何須反反覆覆？」

「這可叫擔心我——」

「妳沒看我這個身體——」一陣急咳，同時中止了七巧和飛雄的言語。

接下來幾日，兩人都因七巧即將回鄉參加滿枝的出殯禮而蓄積著不安，可為了避免爭執，雙方又刻意避開這個話題。

就在這曖昧不安的情況下，天氣變陰轉寒。七巧穿得密密實實，跑到桐伯仔的工寮去見飛雄。

雨下得大，她只得進到工寮裡面放工具的頭間房裡，不時到窗邊去眺望主建築物那頭男病房的方向。

也不知過了多久，桐伯仔披著蓑衣回來，見到七巧，微微頷了頷首。

桐伯仔既回，七巧不好再耗在工寮內，只得出來站在簷下。

她拿出懷錶一看，下午兩點十五分了，原來她已等了一個多小時。會不會是天太冷，雨太大，所以飛雄以為她不會赴約而竟爽約了？

可如果這樣，又不像飛雄的作風。

雨不時濺到七巧臉上、身上，弄得她一身溼黏黏的。加上這一陣子老覺嘴淡，有些慵懶，七巧決定先回自己的病房。

回病房後，七巧坐在床上，嘴邊咬著一小撮肉脯，膝上放著一本《戰爭與和平》，半天看不下一個字。

飛雄從未爽過約，而且約會的時間昨日才講定，他不可能遺忘才對。七巧眼睛盯著剛剛脫下的那身現已掛起的衣裙，咬咬下唇——她也不曾記錯呀！那會是什麼事呢？

是否飛雄身體不適？

但飛雄的病長久一直如此，是需要忍耐的病，而飛雄也一逕忍耐著的……不會突然無法忍耐，除非病情嚴重到不起！

可那怎麼可能？昨天他們才見過，飛雄雖寡言，最少還時有笑容，不可能一天之間就發生大變化……

七巧想不出一個所以然來，只有暫且放下。天冷又兼下雨，既不出去，病舍裡的時光唯有睡覺最好打發。

到了次日，七巧依舊在寒雨中，於上、下午各跑了一趟桐伯仔的工寮。

她刻意避開了桐伯仔的耳目，因此只在工寮略站了站，等不著飛雄便又折回病房。

下午回到病房，把飛雄送她的懷錶拿出來看，意外發現它停在十二點五十的地方，不曾走動。

七巧上緊發條，錶走了一分鐘，突又停止；再上發條，那錶卻索性不走，任憑她如何搖呀拍的，它卻罷工到底，不肯再走。

七巧無奈，依舊將它收在懷裡，心裡想著，等哪一日，和飛雄拿到台北去修罷了。

可是，不見飛雄到了第三日，七巧再也無法篤定的想這些閒事了。

若是出了什麼事，飛雄該當會著人來告訴她一聲才對。像現在，音訊全無，她又無法去尋個什麼人問問，連桐伯仔多少知道他倆事情的人，她都加減還得避個嫌，其他就更不用說了。

過去還在溪畔見面時，他們曾約諾過，萬一不能見面，就將訊息放在他們常坐的大石之下……會不會飛雄有消息放在石下？

想到這裡，七巧再也坐不住，撐起傘就往溪畔走去。

殘年凋景，加上連日陰雨，溪畔一片蕭條景象。

七巧發瘋一般，在石頭的四周搜尋，沒有！除了新的、舊的、完好的、破損的落葉之外，什麼東西也沒有！飛雄並不曾捎給她什麼訊息！

一腳高一腳低回到病房，七巧第一次意識到他們這種避人耳目的戀情，實在禁不起任何打擊，幾乎，他們連最起碼的聯繫都可能因任何因素受到影響，而陷於可怕的空白和中斷。

再次見到飛雄，她一定得把這些天所受的折騰告訴他，共同研商出緊急聯繫的方法。只是，她究竟什麼時候見得到飛雄呢？

那天夜裡，她夢到飛雄坐在溪畔吹簫，吹的就是〈旅愁〉。飛雄一曲吹罷，對她一笑，便離席而去，沒入溪中，任憑如何呼叫都不曾回頭……

七巧不知是否曾狂喊出聲？醒來時，天濛濛亮，睡在同一個病房的同榮翻了個身，痛苦的呻吟了一下，繼續著不知安穩與否的睡眠。

飛雄或許感冒了，咳嗽加劇，一時無法出門，又不知該託什麼人來告訴她，才會如此；等傷風痊癒，或許又可以見面……

七巧望著灰色的毛玻璃窗，疲倦的閉上雙眼。不知現在幾點？也許過了清晨五點半了，自從飛雄送她的懷錶不走之後，七巧就只好看天色猜時間了。

到了第六日黃昏，七巧拖著病懨懨的身子，在雨後的時分，信步走到工寮去。出於習慣的探頭向工寮裡望去，正巧遇上桐伯仔的眼色。七巧一驚，趕緊收回目光，低低說了一聲：

「失禮——」

旋即準備離去。

「等一下，等一下，翁樣！」桐伯仔自工寮內急急奔出，嘴上大聲叫喚著她。

七巧茫然的站住，回過身等桐伯仔出來。

「翁樣，是這樣的！鄭樣——」

七巧的血液在剎那間凝住了！她看到桐伯仔手上拿了一管洞簫，粗細樣子，正像是飛雄的！

「是——」七巧只問出了一個字，再也說不下去，她心中突然有了不祥預感。

「這是鄭樣要交給妳的東西，我剛想著人去請妳來，妳就來了，真是心神相通。」

「鄭樣他——」七巧顫抖著聲音，下面的話，無論如何努力也說不出口。

「是，鄭樣四天前過世了，突然大咯血，拖了一晚，還是沒能救活……今天早晨已經火化了。」

七巧渾身發顫，她用手扶住工寮的牆垛，一時還不能完全領會，不，是不能置信，怎會可能那樣？幾天前，飛雄還在工寮和她見了面，雖未多言，也看起來有些衰弱，但無論如何不可能那樣迅速……過去，她也見識過秋桂的死，那是緩慢走向沉寂終點的過程，在七巧記憶裡，秋桂的病拖了很久；而飛雄前些天才和她在一起，怎麼可能那麼快就過去了？

她沒想到，飛雄在生命最後的階段裡，一直勉力隱藏病情，不在她面前表現出嚴重病態，在他，或許以為，保存體力，可以活得久長一些，可以慢慢開導七巧獨立面對他的死亡，誰曉得，他會去得那麼快呢？

「翁樣，是不是要進去坐一下？」桐伯仔擔心的問。

七巧搖搖頭，可卻真希望一頭栽下去，再也不要醒來才好。

「等一下！」桐伯仔大約是看她臉色不好，不等同意，便匆匆跑進工寮，端出一把圓凳子，要七巧坐到上面。

七巧昏昏沉沉的，不知要問什麼，只覺一切像作夢一般，很不真實。那人說好要和她一起過往後的日子的，怎可能趕在她後母死後不數天，他也跟著走呢？他們的未來，才因後母的死，去掉了大障礙，何以他反而在此時離開……

「鄭樣臨終前，不，是病倒以後，勉力寫下妳的芳名，要同病房的人交給我，再拿給妳……他曉得妳一定會來我這裡……」

七巧接過一張白紙，只見上面以萬年筆大大而歪歪斜斜的寫著幾個大字，是她的名字，以及「園丁桐伯處」五個大字。字跡大而草，七巧想到那是飛雄病篤時，在危急中交代的後事，就再也忍不住痛哭出聲了！

他或許沒想到，自己竟然未能拖過這一劫！或許他以為，這一波劇咳和咯血過去之後，一切又會恢復原狀，他終於還會有力氣再站起來，再和她相見、談話，等待可能會有的「未來」。誰會預期自己的死亡？在自己還有許多未了的夙願之前。

但是，飛雄仍在昏迷倒下之前，搶到了一點時間，留下了給她的最後口信！一想到這裡，再想到六天中，她竟不知他病危，他嚥氣、他火化、他孤獨面對死亡的種種，七巧就再也無法停止哭聲了！

她哭得昏天黑地，哭得大嘔特嘔，桐伯仔也不避被傳染的危險，進屋裡灶下用畚斗盛出一堆灶火燒盡的炭火，撲在嘔吐物之上，再將之掃起。

「妳也不要再傷心，這個病……拖到後來，生不如死……只因為鄭樣太年輕，所以令人覺得特別不捨……」

七巧回想三個多月前，中秋夜那一晚，飛雄與她裸裎相擁的年輕而瘦削的、胸廓微凹的身體；她想到他們倉卒而孤注一擲的以身相許在生命最後階段的沉默和衰弱……啊，天啊，原諒她對生命和肺病的無知，她對死亡的陌生……原諒她竟不知心中意愛的、最重要的人已走到生命的盡頭……想起來，冥冥中，飛雄與她仍心有靈犀。飛雄嚥氣時，他給她的懷錶無端停擺；他火化時，入夢和她告別……

「鄭……樣，都沒留下，……其他什麼東西？」七巧哭了許久，終於能夠講出斷斷續續的一句話。

「他同房的人只有給我這支洞簫和這張紙，」桐伯搖搖頭：「害這個病，多半不太留遺物，家屬全都不要……只聽說那樣一個非親生的兄弟，來拿走骨灰，其他的全都燒了……」

聽到這裡，七巧乾涸的淚，又重新湧了出來。她心中一個重要的部分，隨著他的死乾枯掉了。四個月不到之前的以身相許，誰會想到結局如此？誰會想到後母滿枝與他的死訊全掛在一起。

如今，她回去之後，根本無須對父親提起鄭飛雄這個人。他死了，她的未來，她的一生也跟著死了！

看來似乎是意料之外，但又像冥冥之中早已注定的命運！這一切，像一場夢，還未夢到深處就驚醒了，叫人如何甘心？

6

獲知鄭飛雄死訊的那幾天，翁七巧像著了魔一般，白日裡盡在溪畔他們過去常常留連的地方，或痴坐、或哀哭。她沒有朋友可以傾訴，唯有用自己的方式悼念那幾乎成為她丈夫的男子。

不能釋懷的事情太多。包括為什麼飛雄去得那麼早；為什麼他病危、過世時，她毫無所知？為什麼她對他的如殘燭般的生命毫無警覺？為什麼他不能多捱些時日、讓她父親安排他們二人住到一個充滿陽光和空氣的地方？難道他不明白她後母滿枝的死對他們可能有的意義？為什麼那消息不曾帶給他多活一些時日的力量？

現在他走了，並且已灰飛煙滅，懷念地變成傷心地，最終會成為觸景傷情卻又無法私自悼亡的公眾的場所。

似乎，台灣總督府肺病療養所這個地方，已成為她終身無可挽回的痛。

多留何益？

甚至喚不回當日的回憶。

冬去春來，溪畔會有新進來的患者散步的足印，會有他們陌生的交談與咳嗽……在這裡，每一個病患都是一粒不起眼的灰燼，在時間的洪流裡，毫無痕跡的被淘盡……

如果她回家去，將這珍貴的、屬於他倆的回憶珍藏起來，獨自咀嚼，也許回憶會更鮮活明亮起來。

何況，飛雄又不在，過去要同進同出的約諾已沒有任何意義，她再住下去有什麼用呢？

當震驚和劇痛過去，七巧開始有了回鄉的打算。飛雄在時，她只計畫回家奔後母滿枝的喪，出殯過後再回到肺病療養所；如今，再回來的理由沒有了，反而是留在故鄉變成必然。

七巧打點好簡單的行李，該丟的丟，能燒的燒，行囊只比來時多了那管洞簫。

那管洞簫也有它命定的遺憾。鄭飛雄在世時，她一直以為來日方長，始終沒有認真去學習吹它，甚至連如何吹出聲音來都還不知曉。

今後，她更不曉得，該向何人去學習吹奏〈旅愁〉、〈宵待草〉或甚至那哀傷的哭仔調了。

很多事，一旦錯過，便是終身的錯過！

七巧在農曆年節前三日，搭上紅線普通車回台中。

車行六小時二十分，正好搖搖晃晃，將她滿腔的積鬱一點一滴搖掉。

未來的事沒有時間去想，唯一想到的是，既是這一輩子永不嫁人，她可以回去復學，畢業後再考教育先修科，出來當教員。就像當日她對飛雄所說的那般。

那不是約諾，只是當初一段沒有特殊含義的對談。

而所有的對談、所有的約諾，都因他的死而變得時而清晰、時而模糊，不斷困擾著活下來的人。

七巧在黃昏時分回到台中新富町一丁目的家。

由於辦喪事，亭仔腳上作生意的賣布然仔暫時收攤，在翁家居喪期間不作生意。

因此，七巧回家時，並未遇上賣布然仔，省卻一番簡單卻不可免的應對。

在堂屋裡見到父親翁千田，七巧看到父親顯著的頹喪與蕭條，不完全是悲傷，而像震驚又像不可置信。

「我傾全力救伊，一發現伊全身高燒，漢醫不敢看，直接請的西醫。誰知會跟人家去流行什麼西班牙型感冒，一條命就這樣沒了。」

千田喟嘆著：「怪伊自己無福，家中那麼多產業，無須愁吃穿用度，伊卻沒福消受。亦不曾留下一男半女，我想想也好，少了些個無母的囝仔，像妳當初那當時……」

七巧低下頭，紅了眼眶，想的是飛雄和自己。

「這樣也好，伊沒度量……如今，妳就可以堂堂正正回家將養，再也無須去什麼肺病療養所。」千田看看女兒憔悴的容顏，無可奈何的問道：「讓妳吃苦了？」

七巧的淚，滾了下來。她想的是，一年前不曾去肺病療養所，就不會認識鄭飛雄，也不會有獻身、約諾這種種後續事件。那麼，今日的翁七巧，仍是昔日的翁七巧，沒有過去，只有未來！

但是，今日的她，事實已非昔日的她。她該哭呢？還是懷著悲愴的記憶，昂首去過另一種日子？

「哎呀，我正念著呢，今日終是回來啦！」春江不知何時探頭進來，高興的招呼著七巧：「要不要先去洗浴？換上乾淨衣服，那時飯菜也好了。」

七巧抬頭對春江咧了咧嘴。

「春江姑仔依然身體好！」

「好吔，豈能不好！一家子全靠我，大家全都是軟腳蝦，我若不堅強些，這家子怎麼辦？」

春江是千田遠房親戚的女兒，好幾親等以外，是個早孀的寡婦，唯一的兒子在耕翁千田的產業；春江手腳俐落、脾氣耿直，與媳婦不合，結果自己央了來千田家幫傭，一做就是十年，自七巧生母在時，做到如今滿枝謝世，算是二朝元老。伊原甚不喜歡滿枝作風，但後者名是主母，而春江自己近年亦有了些歲數，脾氣稍稍收斂，所以不滿儘管不滿，伊還是裝聾作啞，謹守自己本分。唯有暗地裡動手烘製些肉脯，給七巧寄去，算是伊對七巧這無母囡仔的疼惜。

那天夜裡，春江便將七巧帶回的衣服，全數清洗乾淨，晾曬到後面深井裡。

重新吃到春江的手藝，七巧更是胃口大開，不住的稱讚。

「吃療養所的飯菜，日日只覺嘴淡，老想有個什麼來嚼嚼。春江姑仔的飯菜就不一樣了，吃著只覺自己怎的這般好命！」

春江聽著笑得合不攏嘴，說道：

「妳會說話！吃餐好飯菜算不上什麼好不好命。妳姨娘死了，才是出頭天！不是我說死人的閒話，滿枝在，妳無論如何沒有好日子可過！現在啊，卻也得求佛祖庇佑，莫叫妳阿爸再動續弦的念頭。」

「我阿爸他有說——要再娶？」

「這他哪會現在說？尪親某親的，那個人剛剛過世……只是啊，妳阿爸五十春秋，又有家產，難保那好事的不來報這報那的，人家圖的是媒人厚禮，妳阿爸被東攛掇西攛掇，怕不又心癢？」

七巧一聽，一顆心又低沉起來。才去一個，若果再來一個，那不全都一樣？屆時她可有棲身之處？

「不過，妳又別愁，反正妳十八了，該作給人家。妳先出了嫁，嫁出去之後，管他要娶幾個？」

「我不嫁！」七巧出於本能的抗辯著：「我仍去復學讀書，再去考教育先修班，出來要當教書先生。不然白白讀這幾年書幹什麼？」

「那不好！再讀下去就二十好幾，成了老姑婆囉。」春江不以為然的搖著頭：「到時不好嫁。年紀大，學問又好，看看誰娶得到妳？打著燈火也找不到適配的狀元郎。」

「哎呀，那就不嫁！」

「那怎麼行？妳家只出妳一個，將來指望妳傳宗接代，要抽豬母稅，妳不早嫁早生，而且多生幾個怎麼行？」

「哎呀，我剛回來，又想趕我走！」

「緣分若到，不待人趕，妳也得嫁出去。」

一番談話，擾得七巧意緒大亂。若是飛雄尚在，七巧正好趁此向春江透露，由春江向父親說項……

然而，飛雄卻已不存，這番談話，只覺刺心。

那個年，因為居喪而草草過去。倒是滿枝的喪禮，辦得隆重，一方面是千田的心意，另一方面，則是對滿枝娘家的交代。

七巧看著滿臉孤單落寞的千田，想起過去和飛雄談論過男人喪妻與女人喪偶的言語，心裡真是百感交集。

滿枝的喪禮過了之後，一日，七巧拿著一年多前才做的長褲，對著正在天井浣衣的春江說：

「這陣子回家胖得如此快，我的褲子、裙子全穿不上，要拿去改呢？還是做一兩件新的？」

春江聞言，仔細看著七巧。

七巧伸了個懶腰，拿手去捶自己的後腰：

「不知怎的，只覺腰痠！」

春江看著七巧凸起而發胖的肚腹，用一種恐怖已極的聲音問道：

「七巧，妳那個東西，有多久沒來洗了？」

「好幾個月吧。一直是來一下，又空幾個月不來，這次是久些，以往約莫兩個多月會來一次，也不一定。」七巧不為意的答道。

「七巧，妳不會是……」春江停止洗衣的動作，恐懼的感覺襲上心頭，卻礙著七巧雲英未嫁，露骨直接的話一時問不出口。

「春江姑仔，怎麼啦？那種怪臉……」

「我若沒看差，那是有身了。只是，妳一個未嫁的女孩子，怎麼會……莫非是我看差？」

七巧一聽這話，臉色一變，半晌才問：

「春江姑仔說是有身孕？」

春江被這一問，反而不敢確認，只支支吾吾回道：

「我是看妳肚腹，不像是人胖的樣子……最近妳吃飯的口味又不相同……七巧，在台北，是否有交往的男人？阿姑仔是擔心……」

七巧伸手撫摸著那隆起的肚腹，若真是有孕，算起來該有五個月了，自己竟不知曉，只道是發胖……這下子可怎麼是好？飛雄過世，竟留下這無父的種來……

那春江察顏觀色，幾乎可以確認七巧正像伊所害怕的那樣，正是懷孕！天啊，看那隆起的樣子，頭胎擅藏肚，起碼也有五、六個月的光景……

「七巧，妳莫非真是糊塗？」春江急急問道：「那男人是誰？是不是在療養所裡？」

七巧的眼淚熱熱滾了下來，她搖搖頭，叫了一聲：

「阿姑救我！」

春江這下也慌了，她抓住七巧的雙臂，大聲問道：

「究竟是誰？莫非那人要賴帳？」

七巧繼續掉淚，半天才抽抽搭搭說道：

「那人不在了！」

「果然是——去了那裡，我們去找他，不能如此放他干休！」

七巧搖搖頭，聲淚俱下：

「人死了，才過世一個月。」

春江一聽，全身消了力氣，只喃喃說道：

「糊塗！糊塗！怎會如此！」

「若是他在，今日就來求父親成全。」七巧一來悲慟飛雄，第一次在他人面前談起，止不住落淚，二來被自己懷孕的消息，不，是事實，震懾住了，驚惶莫名，因此只有掉淚一途。「我實不知……有孕一事，當初約好要共度一生，他至死……亦不知我有孕……」

春江將七巧連拖帶拉弄進後面堂屋裡，一邊遞給她毛巾，一邊在那裡跳腳著急：「妳糊塗五、六個月，此時卻不容妳再糊塗下去，想想看，再三、四個月，孩子就落地，看妳怎麼辦？未出嫁的女孩子唷，難道能將他偷偷生下？產婆那裡也瞞不住！」

「我不如求個一死……當初原說好與他同生同死、同進同出……」

「莫胡說、莫胡說，待我想想。」春江用那胖大的手掌揮了揮，示意七巧噤聲，讓伊想想對策。

「莫非妳以為這事還要瞞妳父親？」春江想了半天，左想右想，就是無法瞞住翁千田，自己行事。因此，伊打算先說服七巧，讓她向千田和盤托出，才能想出對策。否則，這麼大一件事，七巧又是獨生女，萬一做差了，誰來擔這責任？

「原來，若是那人未死，此次回家原要稟告阿爸。但是——」七巧說著，眼淚又紛紛滾落：「並不知會有身孕這件事……那人已死，原來是想再出外讀書，終身不嫁……但今日這肚腹裡的一塊肉，又該當如何？實是沒半點主意……又不能求死，肚腹內的囝仔無辜……」

「胡說！提什麼死不死的，莫要亂亂說！不過，妳亦糊塗，那東西數月不來洗，怎會不知？」

「原就不甚正常，而且肺病的女子，那東西原就容易不準，我沒經驗，一時不察……」

「如今追究這些沒有大用，但是，茲事體大，」春江摩挲著拳掌，思索著：「我不能背著妳阿爸不說，而且，必須速速說給他知曉才行，妳的肚腹藏不住。」

一聽這個，七巧的眼淚又來。

「原是好好一件事，卻因那人短命，害得我如此，連帶也害了我肚腹內的囝仔。」

「妳到此時說這話何用？要怨，也只得怨自己欠思量。這樣吧，妳先回房裡休息，我且想想，再和妳父親說起。」

七巧溼著眼眶回自己房裡，少不得又自怨自艾哭一陣。但是，她畢竟年輕，哭哭無奈，想著事情終要被她父親知曉，要罵、要打，反正就豁出去了，還能如何？便也矇矓睡去。

那翁千田自從續弦滿枝過去之後，精神大受打擊。倒也並非是對滿枝感情特深，而是連著兩任妻子都病逝，便有好事者口耳相傳，說他生來剋妻命，連滿枝那種潑辣女人都被他剋死，誰家女人尚敢嫁他？

千田雖則此時無意續弦，但聽了這些閒言閒語也極氣悶。尤其滿枝死得突然，又是那種莫名其妙的病，滿枝娘家人不明事理，據此來吵。千田耗費許多唇舌皆講不通，還是後來拿出五百大元，才平息了那場鬧劇。但他的精神已大受影響。

這日他在前頭廳堂裡閒坐了會，坐到打盹，乾脆回屋裡去睡。一時之間，不易睡得安穩，只覺事事逆心，心情大為不好，卻又不知該當如何。

躺到將近晌午，這才起身。不想出外溜達，因此便踅進後面堂屋，見只有春江一人待在廚房，他遂也呆坐後面堂屋，習慣性的拿出紙菸來點。

春江原也不曾忙，覷著他堂屋裡坐，便趁機彎了進去。

「千田哥，睡醒啦？」

「原本不曾睡。」千田吸了口菸斗，問道：「七巧不曾出去？」

「說是腰疼，在房裡休息。」

「腰疼？年紀輕輕，怎麼會？」

春江另有含義的回道：

「十八歲，若是好命，人家都結婚生子了。」

千田一愣，回道：

「她一直在外地讀書，這一年多又在養病，我倒沒有想到她已十八。」

「女孩子大了，總是……唉，女大不中留啊。」

千田也機警，見春江神色、言語奇怪，不覺動問：

「莫非——七巧有什麼心事？」

春江嘆了口氣，說道：

「不僅有事，而且事情可真是大唷。」

千田的倦意全消，不覺坐直身子，傾前急急探問：

「妳——究竟何事？是不是她心中已有了意愛的人？」

春江露出為難的神色：

「若是只有如此，不算麻煩大事。」

這下子，千田原有的一點哈欠也在瞬間消失，對於春江如此分段吐露，表現了極大的不耐煩：

「有事直接講明，難不成還得我問一句妳答一句？」

「是——七巧有孕在身，再四、五個月就要生了。」

千田吃了一驚，菸斗差點抖落！半天才顫聲問道：

「可是事實？那——那人是誰？」

「那人是同在肺病療養所療養的患者，年前過世了的。」

一聽下種的人過世，千田只覺天地蒼茫，不知何處可以著力？他向後一仰，靠在椅背上，再次感受到天旋地轉的暈眩。

才堪堪辦了個棘手的喪事，又來這件更叫他難辦的禍事！未婚有孕，苦的還是找不到人來負責……

「糊塗、糊塗！書全讀到背上去了，竟做出這等事！」

「原來是相約要同進同出，要一輩子相守——」

「那也不能做出這種事來！」

「話是不錯。但是，如今追究這些亦是無用。眼看伊小孩就快落地，得趕緊想一個辦法……現此時，要做給人家，只怕是不行了，五、六個月大的身孕，騙得過誰？若是早個三、兩個月，或許可行……」

「不讓伊嫁人，難道要將小孩偷生下來？」

「為今之計，只有如此，再將小孩送人。找個陌生所在，先讓七巧待產，不然，厝邊頭尾，很快就傳出不好的風聲。」

千田沉吟了一下，說道：

「小孩送人，七巧依然一樣得嫁。」

「那時無孕，事情好辦。」

「生產過的女子，要騙人並不容易。門風相當的人家，誰願意吃這個虧？唉，糊塗！真是糊塗！枉給伊讀那麼多書，竟然做出如此不能收拾的事情！」

「千田哥，事不宜遲，總要快點設法。」

「快，若是求快，何以拖至今日才講？」千田忿忿怒道：「要如何快？再快也得講個周全，我不想清楚，如何能有辦法？」

「說來伊亦還是個孩子，什麼都不懂，連有身孕伊亦不知，還是我看出來——萬事但求圓滿，這個，就不要再罵伊了，沒親娘的孩子，什麼都少管教，亦是可憐，當年若不叫伊到什麼肺病療養所，今日也不會發生這事。」

「如此說來，是要怪我了？」

「唉，現在不是怪誰的時候，是要解決事情——」

千田被責，卻是有些忿忿不平，加上七巧被逼上台北，亦是拜滿枝之賜，因此他更加有著「伯仁因我而死」的心結，嘴裡不肯甘休，實是心中多有不安。

「她自小喪母，滿枝無器量，令她受苦，這一切怪誰？只能怪她的命。」

春江聽了，亦知千田心意，隨即附和道：

「女孩子是油麻菜籽命，一點也沒有錯啊，我們事實亦只能盡長輩的心罷了。一切都是命啊，伊的命！」

這一席話，才將千田的忿忿不平撫平。

「如今這事，得好好想一想，不僅是要解決孩子的事，還要考慮七巧的前途。如果只想到孩子，七巧的未來要如何？這兩件事須合起來考慮。」千田忍不住又咳聲嘆氣：「怎會如此糊塗？給伊讀到高女，竟然出這種事，說起來，是大大敗壞門風……」

七巧有孕的事，像大錘一般，重擊著千田的心靈。說他剋妻倒也罷了，男人剋妻，不是頂壞或不能原諒的事。但家裡出了個未嫁懷孕的女兒，就是翁家的最大恥辱。不僅代表他管教不嚴，而且有人會說翁家祖上無德，才會發生這等有辱門風的事。

撇開這些面子上的事，設若他都能看得開，然而，女兒的前途呢？

給伊讀到高女，私心裡無非是要她匹配一個有才情有身分的尪婿。如今，竟去懷著一個肺病患者的遺腹子，說伊頭殼壞了哪有錯？一個肺病患者豈能倚託終身，而且還和他有了小孩……

千田恨恨的想來想去，想到不能開竅，就是女兒肚腹中那塊五、六個月大的肉。若是小一點，抓幾帖藥下了它，女兒仍舊當她是在室女，尋個厚道老實的人嫁過去，若她運氣好，一輩子也許平平順順、穩穩當當，小夫妻沒什麼芥蒂的過下去；若是運氣不好，夫妻間怕也會起風波……然而，總勝腆著個大肚子現世眾……

大著肚子！若是不大著肚子，七巧人品不錯，妝奩豐厚，匹配什麼樣的人都有可能。

但若是大著肚子，誰會娶呢？誰肯娶？

如係多賠一點妝奩……

千田想到這裡，靈光一閃！隨即又自己搖頭斷然否定方才那個想法！

若是要嫁那種人，何如不嫁！呸！呸！呸！如何能將一個高女快畢業的仕紳之女，嫁給那落拓一生、又身無長物的販夫走卒？那不僅僅是一朵鮮花插在牛糞上，簡直就是——虧他如何想的？

然則，女兒現在有什麼優勢的條件都已不能算數，只要伊是未婚有孕，什麼好條件都不能算數。

哪個正當人家肯娶一個大腹便便的孕婦？哪個男子肯吞下這口氣？

即使是陪嫁許多產業，一般中等人家有志氣的男子，誰肯收這爛攤？還不是只有最終這條路走！七巧順理成章嫁人，伊腹中的囝仔亦順理成章成為某人的孩子……

七巧自然備感委屈，嫁給身分懸殊的人。

不過，這也不完全是一方委屈的事。這世間，亦有富戶之女招贅長工，王寶釧不也要嫁薛平貴？

英雄不論出身低。誰能說出身寒微一定沒出息？

況且，出身寒微，他才不會怨嘆娶了個籠底貨……他們夫妻，也才可能平起平坐、白首到老。

幹！都是他一個人在自思自想，空思夢想！也不知這想法是否行得通，對方是否甘願如此？

若是肯了，七巧並沒什麼委屈的。男人嘛，只要會作生意，肯打拚，顧家小，自然能夠給妻小幸福。不像那書讀得不少的東京外國語學校學生，自己要死了，還拖累人家好好一個在室女！像如此，讀那麼多書又有何用？還不是廢人一個？

至於七巧，若是怨嘆，又該怪誰？

是伊做差於前，只能吃虧於後。若僅僅是談戀愛還罷了，竟至未婚有孕……要怪亦只能怪自己！怪自己想差、做差！怪自己命運不好！

除此之外，可還有什麼辦法挽救目前這個狀況？

像春江說的，讓七巧偷偷生下小孩，偷偷送給別人，然後再像沒事人般的，找個門風相當的對象論婚嫁。

如此妥當嗎？

能夠保證七巧的幸福？

或是依然會被識破？

他翁千田這一輩子從未欺人詃人，要他將女兒像個在室女一般嫁出去，他可不敢如此理直氣壯……

何況，他翁千田只得一女，若要傳他香火，女兒亦只得招贅，招贅的對象，自然又不同於嫁過去的對象。想來想去，他方才的想法實在並不算太差，要緊的是七巧的想法和對方的首肯。

躲在房裡的七巧，躲得過一時，躲不了永遠。

午飯不曾出來，到得晚飯時候，春江敲門叫她：

「妳好歹出來商量商量，越躲越無法解決問題。時間可是一日一日在過去，我擔心妳那肚腹，越來越藏不住。」

七巧咬咬牙，硬著頭皮打開房門。

自己這下子像什麼了？豈不像從前肺病療養所裡那溪裡的大肚魚？

怎會弄到如此地步？怎想到一次就成孕，留下這害人的東西？

「春江姑仔，阿爸他——」

「妳挨罵是一定的，害得人人不能過日子，罵妳算是最輕的。」

七巧咬住下脣，紅著眼眶跟在春江身後往後面堂屋裡走。

那千田正蹙著眉，心神不屬的想東想西。

「阿爸。」七巧細聲細氣喊了一聲，遠遠站著。

「妳這孽障！我做了什麼孽啊，要妳如此來現世眾！我真會活活給妳氣死！」

七巧撲通一聲便跪了下去，眼淚不請自來，簌簌流了一臉。

「妳頭殼壞了不成？去和一個垂死的人做一做……去有了身孕，人家腿一伸、兩眼一閉，萬事不管，妳我卻得在這裡求生不能、求死不得！」

「七巧不孝——」

「嘖、嘖、嘖，講這些有什麼路用？」千田用力揮揮手，恨道：「原來，妳要嫁什麼好人家會沒有？現在——若有人肯收留妳，妳就得躲起來偷笑！」

「七巧原不想活……」

「閉嘴！到了此時妳還放刁！」千田一陣暴喝，跪在地上的七巧嚇了一跳。

春江忙說：

「這種事，無須如此大聲，厝邊頭尾聽到了，就不好辦事。」

千田悻悻猛抽兩口大菸，悻悻用菸斗敲著椅子的把手，悻悻哼了幾聲。

「千田哥，七巧有身孕，讓她一直跪著，怕不太好。」

「她不好?!」千田恨道：「我才不好哩。」

春江看看氣氛不對，只得悄悄拉起七巧，捺著性子對千田說道：

「事已至此，打伊罵伊亦沒有用，伊亦知道錯了。若是能想出辦法，快快去做，省得讓他人看破手腳。」
千田依然氣恨難平，罵道：
「妳呢，考得上高女的腦筋，竟會想到去懷個半死人的種……早知如此，何用給妳讀書？」
春江勸道：
「千田哥——」
千田怨道：
「叫我何用？如今，也別想找什麼才情的尪婿了，若是賠上我們家的產業，能找個羅漢腳嫁，就算妳運氣。」
春江聽出了話中有話，因此，等千田怒氣稍平，她才細聲細氣的問道：
「千田哥心中可有什麼主意？還是有什麼人選？」
千田怒哼一聲，這時才正眼看著女兒，開口說：
「都說女孩子是油麻菜籽命，但如今這條路，卻是妳自己做得來的。休要怨怪他人。本來，我雖無子，並不想將妳招贅，因為贅夫比不得嫁的人那麼可以挑選。妳生得甚水，又有妝奩陪嫁，不愁嫁不到相當人家。若是招贅，憑這些，也儘可招到中等人家。不過，如今這些都不用說了，妳自己破壞掉所有的機會。」
七巧默默聽著，想到造化弄人，自己如今如此進退失據，又能怪誰怨誰？只能怪飛雄不該死得如此早，怪自己不該天真任性到獻身出去……想著想著，亦只有自悲自嘆，靜靜垂淚。

「春江建議妳到別處生下小孩，將小孩送給別人。以後，再找個人嫁。」千田說完，靜靜看著女兒的眼睛，想探測她的意向。

七巧卻只是茫然而沉默的垂淚，看不出贊成或反對的表情。

千田嘆了口氣，說道：

「別的物業我是有的，送妳去那裡生產也不是難事。問題是今後妳的幸福。生過孩子出嫁，是不是能保證幸福？還是乾脆找個羅漢腳，可靠就好，且不管他適不適配，能夠接受妳母子的，堂堂正正的說清楚了，一嫁一娶都是兩相情願，誰也不騙誰。如此，妳嫁了亦不覺丟臉或低他一等……至於那適配的問題，如今不便苛求，可是，大凡入贅，不乏富家千金招贅家中長工的例子，許多人都能相安無事。如果是這樣，妳就無須另外生下孩子去送人，也無須在嫁人時假裝是個在室女。」

千田的意思再清楚不過。七巧此時既無膽子敢贊成或反對，亦不能判斷如此是正確或錯誤，只有任憑她父親處置。她只知道，若是照父親所說的安排，至少她可以保住飛雄的孩子，不必母子分離。至少她也保住了生命中最珍貴的部分——至今為止，她唯一的愛戀與回憶。

「千田哥如此說，莫非心中有人？」春江小心的探問。

「是有一人。但不知人家是否應允？」

「誰人？可是我知曉的？」

千田點點頭，這時節沒心情賣關子，乾乾脆脆就說出了心目中的人選。

「那人妳亦熟稔，就是我們亭仔腳上的羅漢腳——賣布然仔。」

千田此語一出，七巧只覺腦門子「轟」的一響，差點昏死過去！

她此時亦顧不得剛剛還在生氣，自己摸索著最近的椅子坐了下去。

賣布然仔？

那個黑黑而陰鷙的外鄉男子，那個逢人買布就哈腰、說著一口濃重泉州口音的矮而精悍的男子！

七巧作夢都沒想到，自己的生命竟會與這個男子有了瓜葛！她從來以為，那只是個一輩子落魄、流落異鄉的羅漢腳，在人們問起他的終身大事，只能呵呵傻笑的、娶不起任何妻室的販夫走卒而已！

她的眼眶再度溼潤。她原可以嫁個漢文飽、日英文又精通的男兒，她原可以過那種談詩說藝、吹簫唱曲的嫻雅生活，她原可以擁有心中意愛、兩相傾心的尪婿……

「若是賣布然仔那個人，我們七巧是太委屈了。」春江聽到千田說出這個人，亦著實吃了一驚，好半天才想出這句話來。

「不然妳告訴我，她有何人可嫁？」

「一時是沒想到什麼人，但是，再多想想，或許可以有亦說不定。」春江遲疑的回答。

「說不定的事，在這裡就不用說了。」千田老實不客氣的否決春江的話：「妳也知道事情緊急。好不好相與，要相與了才知道。這幾年見他，亦算是打拚節儉的人，又不曾聽他有什麼不良風聲。」

「只是——」

「七巧有什麼想法？」

「若是阿爸允許。找一個地方，讓我將孩子生下，終身不嫁。」七巧哭道。

「胡說！豈有一個女人自己養一個孩子，終身不嫁？」

「千田哥——」

千田揮揮手，阻止春江說下去：

「知道事情，不過是今早的事。事情再急，亦不差這兩天，這事且擱兩天，大家前後想想，想個確實妥當，再作定奪。七巧這些日子，不要出去走動。」

春江低著頭，一時沒有離開的意思。千田咬著菸斗，含含糊糊丟下一串話：

「妳若不贊成，且去找個讓我贊成的人來。現在不是我們挑人的時候，人家也要挑我們哪。」

千田說著，逕自穿過弄堂，走出客廳，站到門外去。

春江看看哭成淚人兒的七巧，無奈的說道：

「說來是命也不是命，妳阿爸的考慮亦不是沒有道理。」

「若是要嫁那人，我情願死！」

「莫再死啊活的講上一堆。人生漫漫長，也不是我們要如何一定就能如何。認真講起來，那賣布然仔也有可取之處，何況，正如妳阿爸說的，現在已不是由我們去挑人，人家亦要挑我們……」

「與那賣布然仔，一天都過不下去。」

「七巧，夫妻是這樣的，多少人是很適配？那全是騙人的。大家還不是湊合著在過日子？」

「賣布然仔只怕一個大字不識。」

「是啊！」春江毫不留情的說道：「若要挑讀書郎，要挑有才情的，妳就不該大著肚子回來。」

一句話擊中七巧要害，想想又是自己做差，除了無奈，尚有不甘。

「妳也得想想妳阿爸的心情，他要不要做人？能不能在厝邊頭尾間站起？若是在一般人家裡，這是要打到半死的錯處，妳如今尚在此刁三難四，大面神！」

春江姑仔連厚臉皮的話都罵出口了，七巧再也講不出為自己爭取的話。而且，也誠如春江所反問：若是不嫁現成這賣布然仔，到那裡再去找個至少我們清楚他底細的人？天底下羅漢腳雖多，真要招他、嫁他，亦得冒一點不小的風險。

若說尋個他處，偷偷生下小孩，這也有困難之處。

千田物業所在，多有佃農，誰真正會百分之百完全的守口如瓶？而且，生下的孩子，往哪裡去送？還不是得託人四處打聽？

做來做去，「鴨蛋密密也有縫」，不是完全可以高枕無憂。到時風聲走漏，再要掩遮，只怕由不得人。

所以千田想的是最直接，也是最不怕「夜長夢多」的方法。

事情擱了幾日，千田前前後後想了個透徹，心裡打定主意。女兒那邊，根本無須再商量，她若是可以商量大事的人，今天不會舞出這件不能收拾的大事。

所以，他就按照自己既定的方式著手進行。

那日午後，千田覷得過往人等逐漸稀少，賣布然仔得空坐下來歇腳時，步出家門，站在亭仔腳布攤前，對著賣布然仔招呼：

「如何？生意不惡吧？」

賣布然仔堆下一臉笑：

「花花啦，反正都是些老客人。」

賣布然仔心裡有些七上八下，那翁千田平日並不是會主動搭訕的人。今日如此，意欲何為？莫非是有關他家亭仔腳的事情？

「何時要收攤？」

賣布然仔想了一下，問道：

「想係有事？」

「想借幾分鐘講話。」

「阿叔但說無妨。」

「這些話，不便在此說，須請你到舍下再談。」

「既是如此，那我此刻就收拾一下，待會兒再進屋裡去。」

「那我在舍下恭候。」

賣布然仔雖在心中有多種揣測，但他手上絲毫沒有閒著。要來的擋不住，且看那千田大戶要說些什麼？最多是不讓他做生意罷了！不過，看來又不太像。管他的，大凡家中有變的人，行為比較不能預測。這翁千田，七、八年內兩次喪偶，誰知他此刻又哪裡不對了？

貨都收齊以後，賣布然仔拉拉自己衣裳，整整行頭，定了定神，旋即踏入翁家半開著的大門。

「阿叔——」

千田原來正等在大廳裡，一見賣布然仔踏入門來，即刻起身。

「此處不好講話，且隨我進來。」

賣布然仔雖覺翁千田十分神祕，亦只有略略低頭隨他進去。

「請坐——要不要抽菸？」千田將賣布然仔延入後面堂屋，此時，春江及七巧早就事先得到通知迴避了，堂屋裡，只有主客二人面對面坐著。

「我不抽菸。」賣布然仔客氣的推辭著千田遞過去的菸草。

「本然仔，你在我這裡擺攤賣布也有十年了吧？」

賣布然在椅上欠了欠身，說道：

「多承照顧。」

「如此說來，咱們也算知己，有十年看頭看尾的時間。」

「是。」

「這十年你也看得出來，我家人丁單薄，娶兩妻只得一女，兩個妻室又全死了。」

「是——」千田越說越玄，林本然一點頭緒也摸不著，只有漫應著。

「這些年，我看你生意亦作得平順，何以一直未見你想要娶房家室？」本田亦是不擅話山話水的人，講沒兩句閒話，很快就轉入核心：「難道你家鄉泉州早就娶了？」

那本然雖不明白今日問他這些有何用意，不過，既是千田動問，他也就老老實實的回答。

「我出來得早，家鄉哪可能娶妻？這幾年作這小生意，雖是有些盈餘，不過也不能算多，一直希望自己能買家店面……娶妻的事，也不是那麼便當，說娶就娶。我是個外鄉人羅漢腳，沒什麼底子，不容易啊。若是叫我娶那些看不上眼的人，我卻也不願意。」

千田點點頭，說道：

「欠點緣分。你今年——幾歲了？」
「三十三。」
「那也不小了，再拖下去父老子幼，不太好。」
林本然尷尬而無奈的笑笑。
千田忽問：
「若是我來幫你作媒，你看如何？」
林本然傻了傻，問道：
「阿叔怎的突然有這興致？」
千田笑道：
「剛剛不曾說過？我看你賣布也十年了，覺得你甚可靠。現在，我是有個遠親，頗有些田產，他女兒亦讀了些書，人長得亦甚白淨好看……」
「阿叔，你莫要想差，這樣的人，我賣布然如何匹配得起？」
「你且聽著，問題是這女孩子，在外，做……做差了事情，現在有了身孕，必得將伊快快嫁掉……」
賣布然仔聽了恍然大悟。他心裡琢磨著，自己雖是個身無長物的羅漢腳，可有必要接這二手貨？對方是何等人又沒見過……
正躊躇間，只聽翁千田又說：

「這女方家中只得她一女，以後家產全歸她一人獨有。至於家產多少？我打個比方好了，足夠你兩世人不做不賺，蹺腳撚嘴鬚，逍遙過日子。當然，你若是想作生意，他家亦有店面，可供你發揮。」

賣布然仔沉吟著，條件聽來優厚，但他已到三十多歲，何苦為了這些去賣身？

「女方原要招贅，第一胎抽豬母稅，歸女方姓氏，再來次生的，才是你的，所以事實你亦沒有什麼吃虧，她現此時腹中那一胎，就歸她娘家的姓……你若是成婚，搬到別處，無人識得你們，你自做你的大爺，繼承那些產業，這輩子再無須流汗打拚，租人亭仔腳作生意……」

賣布然仔想像著千田所說的這些。老實說，日日獨個兒擺布攤在亭仔腳，作那須和婦人們討價還價的小生意；再於午後收拾東西，孤家寡人回到那不成家的家，想起來是十分辛苦……

然則，他亦獨自打拚到此時，別的沒有，可也算是堂堂正正的漢子。若是為了這些財產物業，去接收一個二手貨，豈不被旁人笑掉大牙？雖然翁千田說得千妥貼萬妥貼，然而，俗話說：鴨蛋密密也有縫，這可難說。

還有，對方是何許人？性情如何？何以會去和人有了身孕、大了肚子？種種疑慮，毋怪乎他會猶疑。

況且，事出突然，他亦無暇細細多想，這事是福是禍，卻很難說……

「阿叔，莫怪我賣布然仔不知好歹，但對方是熊是虎，我一點不知，若只是為那物業財產去招贅，我覺得……是也不必。」

「這也難怪你躊躇。」翁千田想了想，忽說：「這樣好了，你且將她……將她想成七巧，那女孩子身段、長相，與七巧有幾分神似；性情亦是嫻靜不多言。」

「若是像七巧姑娘的人品，自然是沒有話說。」

「本然仔，我翁千田被你喚作阿叔十多年，難道會冒著被你埋怨的險，強出頭去作這個媒？老實告訴你，我雖是受人之託，另一方面，卻也憐惜你一個人打拚到這時。兩下裡相互撮合，實現一樁美事。」

林本然聽出了翁千田語氣裡那種不識抬舉的輕責，他趨身向前，對著翁千田深深鞠了一躬，說道：

「阿叔，茲事體大，容我想想。」

「當然，當然，應該的。」

翁千田嘴裡應得慷慨豪爽，其實心裡急得什麼似的。再露骨的話，他此刻說不下去了，若是說漏了什麼，則賣布然仔萬一不領情，他和七巧往後如何做人？雖說他早已有了搬離此處的準備，但畢竟無須留下一個臭名。

那賣布然仔，此時靜下心來仔仔細細的想著。

這樁婚事，對他而言，會有什麼損失？不要一兵一卒，不費吹灰之力，平白有了一個妻室和許多家業，後者可是他再努力幾輩子也賺不來的。自此以後，他再無須辛苦打拚。至於女人嘛，反正第一個孩子已說好了姓她娘家的姓，他就做個現成的老爸，那也沒什麼損失。

作個最壞的打算好了，設若這女方真正難以相處，或伊的家庭有什麼麻煩之處，他大不了一走了之，卻又有何損失？

想來想去，都沒什麼壞處，還有什麼好不答應的？

賣布然仔思索停當，忽然端坐椅上，恭恭敬敬再向翁千田鞠躬下去，嘴裡說著：

「這件事，萬望阿叔牽成。」

千田沒想到賣布然仔態度變得如此之快，一時也喜出望外。可是，又不敢太放心，因此，他小心翼翼翼再問了一次：

「可是答應了？前前後後都想過，不會再反悔？」

「是。」

「茲事體大，你再想想。」

「全想過了。我今年三十三，再慢，也真如阿叔講的，父老子幼，管顧不到。是該成家了，又是現成的姻緣，無須我去奔走。」

「如此想法，甚好。」千田鬆了口氣，又忙著叮嚀：「這件事，且莫對外張揚，張揚出去，不好辦事。」

「那是當然，此事亦攸關我的面子。」

「如此甚好、如此甚好。」千田眉開眼笑，落下心中一顆大石，即刻就說：「事情談成，可喜可賀，今晚你就留在這裡吃一餐飯，我們翁婿可以對飲幾杯。」

「阿叔——」賣布然仔不十分確定自己聽到的話是什麼。

「不瞞你說，我是替自己女兒說的親事，你要娶的不是別人，正是我的女兒七巧。」

「怎的？」

「正是。萬望你今後對她多多包涵，她做差的事，是她年少不曉，你莫和她計較。今後萬望你們夫妻和和樂樂，我也好享一點晚福。」

「阿叔，沒想到是七巧姑娘——」

「是啊，你此時亦該改口叫我阿爸了，別再阿叔阿叔的叫。」

「這……真沒想到。」

「此地不能辦事。過兩日，我偕你到外地去，那裡有我的物業在。田地租人耕種，檳榔也有人看管照顧，但是那裡還有空的房舍，你和七巧就暫住那裡，等她將孩子生下，日後再搬別處。」

「七巧姑娘她……知道此事？」

「自然知道。」千田微微頷首：「因為怕引人物議，所以你們的喜事不敢辦，就如此送做堆就好，反正重要的是實質的過日子，這點，怕就是讓你委屈了點。」

「哪裡，委屈的是七巧姑娘。」

「你能如此想，我就放心。往後，或者賣了此地，乾脆搬遷到台北去。我在那裡，曾經為了替人解圍，買下兩三處物業。今日既然你們的新家庭開始，索性搬得遠遠的，自一個新地方開始。你看如何？」

「這──自然是聽憑阿叔……聽憑阿爸的安排。」

「好極了！」千田此時見事情如願解決，不禁心花怒放，說道：「我們且先喝茶，再等春江做飯──春江！春江！煮飯啦，有客人啊！」

千田的聲音粗宏，春江在前面房裡聽到了，猜到事情必已談妥，因此也揚聲應著，人輕快的走向後面堂屋去了。

7

那年四月，林本然與翁七巧成婚，新人和翁千田、春江諸人，一起搬遷到彰化境內的一處千田物業。

千田對舊的厝邊頭尾宣稱是七巧身體的關係，必須到鄉下療養。原來台中新富町一丁目的舊宅變賣。人們因此以為，那在翁家亭仔腳賣布的林本然，也被迫離開這賣了十多年的場地，流落他方。大家還私下議論紛紛，為「賣布然仔」十分惋惜，甚至有憂心他無處營生的喟嘆出現。

事實的真相卻是，賣布然仔自與七巧成婚之後，開始過的是他這一輩子從未過、不，是連想也不敢想的、茶來伸手飯來張口，不用討賺便可餘裕度日的好日子。

成婚時，七巧的肚腹已明顯凸出。他近她的身時，七巧臉上擺著繃緊的、慷慨赴義的表情。

那肚腹是成親的條件之一。林本然謹記著這點，好脾好性、有度有量的看著它在眼前的每一個角落移動。

有一天，那肚腹終會消失，七巧又是個長身玉立的麗人，是他完整的、他獨有的妻室。在此之前，他必須忍耐，等待她身上與心中的肚腹一起消失。

在彰化的日子既清閒又無所事事。林本然學會捲菸絲、抽菸斗，還跟著那些佃戶嚼檳榔。

檳榔是人血灌溉的。

自古以來，偷檳榔者都會被活活打得半死，因有是言。

那些佃戶，在園子裡種了些檳榔，每天如臨大敵的守護著。不過，對於林本然這「少頭家」，他們倒是慷慨的請客供應。

在這裡，林本然的過去無人知曉，七巧與他是新婚亦成祕密。人們只知他們是夫妻，而七巧是上過台北的女子高等學校的才女，所以想當然耳，林本然必也出身不弱。

剛開始時，林本然一直忘了自己現此時已是高高在上的地主，過去十多年哈腰陪笑作生意的習慣，一直到婚後數月都還留存著，一不小心就顯露出來。

千田一直以岳丈和老師的身分指導且糾正著他，前者慣常不溫不火的這樣說著：

「本然仔，是他們向我們租地繳租，不是我們，你別那麼多禮。」

千田也教他如何清閒度日。所以，本然仔現在也懂得喝慢酒品好茶，無所事事的過一日了。翁婿兩個，倒比本然與七巧夫妻間更相得、更有話講。

六月初夏，中台灣已熱得像火燒坡般。翻來覆去才彷彿剛睡去，只聽屋外一陣喧譁，沸騰騰，全是人聲：

「賊——抓賊呀——」

「打死他！打死他——膽敢來偷採——」

七巧原沒睡穩，一下子聽到這種喊叫，昔時在台北第三高女學寮中，小偷侵入驚醒大家的往事，霎時襲上心頭。

她豁然坐起，驚擾了睡在一旁的本然。後者帶著埋怨的口氣說道：

「肚子這麼大，突然如此彈起，妳究竟有沒有想到肚腹內的囝仔？」

那是林本然第一次對七巧提起腹內胎兒，語氣中飽含著自然的關心。

「是……聽得喊抓賊，想起過去學寮中小偷侵入的事，很害怕，所以……」

「小偷侵入亦無須妳出頭，外頭那麼多佃戶，最少這裡也有我，妳安心作妳的少頭家娘就好。」

「雖是如此，」七巧囁囁嚅嚅說道：「既是醒了，就到外頭看看。」

「妳現在是順月，跟人家湊什麼熱鬧？」

「醒著亦是醒著，外頭人多，屋子裡反而無人，我不留在屋內。」

本然不禁失笑，說道：

「既如此，我陪妳去看。」

夫妻二人下了床，相偕開門出去。但聽人聲鼎沸，黑壓壓一群人，老的、少的、男的、女的、有人持棍棒，大部分赤手空拳；但個個摩拳擦掌，橫眉豎目，像同仇敵愾在對付著一個世仇大敵一般，圍繞住顯然就是「賊」的對象吆喝著：

「居然敢來偷採檳榔，打斷他的手腳，讓他不能爬樹！」

「真是現世眾啊，年紀輕輕的，不去討賺，專想撿人便宜……」

「不用多說，要嘛打斷他的腿，要嘛報給警察！」

本然與七巧一前一後出了房門，只見周圍全是人，也看不到那倒楣的賊。

有那眼尖的人，看到本然夫妻，即刻大聲說道：

「少頭家和少頭家娘出來了！」

當中遂有許多人異口同聲叫道：

「既是少頭家和少頭家娘都出來了，我們就將這偷檳榔賊交給少頭家和頭家娘看如何處置。」

「來！讓開！讓開！讓頭家娘和頭家看如何處置。」

大夥依言自動在本然和七巧面前讓出一整條縫隙出來。

七巧站在本然背後一肩之處。由於她的身段比本然略高，因此前面的情景全部一覽無遺的落入她的眼底。

那檳榔賊穿著灰黑色短褂和寬褲管七分長褲，此時顯然是剛被圍毆過，正狼狽的歪坐在地上。

七巧看著他那瘦削的身影，不知不覺就起了惻隱之心。

而原先低俯著上半身的檳榔賊，聽到群眾喊著要頭家娘和頭家處置他，此時又聽得眾聲齊歇，一片靜寂，知道必是所謂頭家頭家娘已在眼前。這個剛剛被棍棒齊下，毒打過一陣的檳榔賊，心中存了最後一線希望，突然抬頭，對著七巧和本然所站的方向不停的打躬作揖，嘴裡喃喃叫著：

「頭家饒命、頭家饒命，下次絕不敢了。」

就在那檳榔賊抬頭求情的剎那，七巧見到他那瘦削的臉和空洞而大的雙眼，突然大吃一驚，差點站不住腳！

那不是她日思夜想的鄭飛雄？不然又會是誰？

七巧突覺肚腹抽搐一下！她勉強站穩，定睛再去細看。

不，不是鄭飛雄！那人只是瘦，以致乍看之下像飛雄罷了。

她的鄭飛雄，早已死去數月了！而他的遺腹子，眼看近些日子就會冒出頭來，可惜，飛雄是看不到了。永遠也不知道了！

「頭家娘，作作好心，保佑妳生個勇壯才情的男胎！」

七巧扶住肚腹，用人家差堪聽得見的聲音說道：

「這人已受了教訓，饒他去吧！」

眾聲譁然。是在議論紛紛，任誰都覺輕饒這檳榔賊，往後恐難收殺雞儆猴之效。

那檳榔賊叩頭如搗蒜，嘴裡不住低聲求饒：

「頭家、頭家娘，好積德，神庇佑……好積德，子孫賢良……」

這時，有那老成持重，名喚阿川的，突然獨排眾議，大聲說道：

「檳榔賊例無輕放，但既是少頭家娘心慈悲，我們就順伊的意。還不快謝謝少頭家娘！下回若是再落入我們手中，斷無生路！知道了吧！」

「是——多謝各位頭家，頭家娘——」

檳榔賊在眾人吆喝之下，一拐一拐的落荒而逃。

七巧不等眾人回過神來，旋即抱著肚子翻身進屋。

本然在後問道：

「如何了？可是動到胎氣？」

「我是……肚子有些疼，沒要緊，只是稍微……」

「早說了，這種場合，有身之人不要參與，那些粗人，呼呼喝喝的，妳如何禁受得了？」

本然埋怨著進了屋子，想想不妥，想去叫春江姑仔。不等他動身，那春江卻自己走到廳堂上，嘀咕道：

「七巧亦跟人出去看熱鬧了？抓到檳榔賊，鐵定沒有斯文戲。我根本連出去也不出去，看眾人打一個，打到全身是血，我會好幾個月吃不下糜飯。」

「春江姑仔，七巧喊肚子疼。」

「我去看看。」

春江說著，彎身進入本然、七巧房裡，半天出來，對本然說道：

「還早還早，第一胎，慢慢來。等天亮我再燒水都還來得及。」

本然仍覺不妥，問道：

「可要過去請川仔嬸？」

川仔嬸有接生經驗，手腳俐落，七巧預計讓伊接生。

「別著急。讓川仔嫂好好睡一覺，明早才有精神料理。」春江說道：「你若睡得著，也再去睡會兒，到天亮之前，不會生啦。」

「阿爸還在睡？」

「是啊，他喝酒入睡，現此時睡得正沉。好命人，能吃能睡。」

七巧折騰了一夜，次日又熬了整天，一直到黃昏時分，才生下一個女嬰。

其他人都沒什麼，倒是翁千田，一知道是女孩，不覺心往下沉。按照他和本然議定，頭胎姓翁，再來才姓林。不想頭胎竟是個女孩，若是七巧生個三、四胎，或許還能跟本然商量商量。否則女孩子有什麼用？到伊長大出嫁，還不又是別人名姓？

那女嬰生得小，七巧又沒奶水，只好吃川仔嬸她媳婦的奶，川仔嬸這二媳婦梅香，有個歲把大的女嬰，已經會爬會走了，開始能吃些糜汁，因此梅香的乳汁，儘夠兩個孩子吃了。

為了這奶娘的工作，千田月付十五元給川仔嬸他們。除此之外，亦常割塊三層肉，拿尾鮮魚去給川仔家。川仔他們靠租來的田地過活，繳掉一半收成，一家十數口真也食指浩繁，所以那每月十五元的補貼，以及不時送去的菜肴魚肉，大受他們歡迎。梅香奶孩子的工作就更加殷勤了。

七巧滿月以後，千田和她商量給孫女兒命名。千田說：

「妳是獨生女，一人兼祧，責任重大，不多生幾個男丁不行。這女孩子，就叫招弟好了，討個好采頭。」

「招弟這名字粗俗，到處都是，我才不給她叫這個。」七巧執拗的反對父親的意思。她眼前浮起的是台灣總督府肺病療養所內溪畔春天的景色。鮮紅色的山櫻花盛開，一樹嫣紅，而在猶甚沁涼的天氣裡，她和飛雄坐在溪畔，飛雄吹著洞簫，簫聲裡，白鷺鷥自不遠處的田間飛起，「呱呱」叫了幾聲，再插入另一塊田裡。她的心，亦跟著那簫聲起起伏伏……

「叫她雪櫻好了。」七巧不知不覺脫口而出。

千田聽著，複誦了一遍，覺得亦無不妥，也就同意了。

襁褓中的雪櫻，由於吃梅香的奶，加上七巧不甚會帶孩子，因此一直待在川仔嬸家。

產後的七巧，非僅不曾像一般產婦般肥滿，反而更加纖瘦。

女兒產下了，問題解決了，現在的生活卻叫人悵然若失。

本然現在盡得千田真傳，每天抽菸、喝酒、泡茶，慢慢也和人家下棋聊天。

他待七巧一直敬重，可七巧無論如何也無法與他貼近。

七巧每天只和他講些簡要例行的言語。她恨他身上的菸味、酒味，甚至是那幾乎已成與生俱來的販夫走卒的氣味。她打心底瞧不起他：矮身骨、微微外暴的牙，口音濃重的腔調、只會算錢略識之無的嘴臉。

她忍受著晚上他近身時的凌遲。一做完事，本然才自她身上翻下，七巧便去拿水淨身，彷彿要把所有他的一切自她身上徹底消滅！

白日裡，她時常拿著那管洞簫，一個人到樹蔭底下呆坐。

總也想起飛雄。

他們在一起不到一年，但那不到一年當中，幾乎日日都在一起。

她懷藏了他的一切：他的墨跡、他的洞簫、他臨終時拚命寫下的她的名字、他的懷錶，以及那早已乾枯破碎而寫有他倆名字的紫羊蹄甲葉片……

飛雄說過的每一句話，做過的每一件事，他教她玩過的種種遊戲，她一遍又一遍的溫習，彷彿在複誦著一本讀之永不厭倦的珍貴書籍。

飛雄生前，她來不及學會的洞簫，就在每天就口練習之下，現在也學會了。她是照著飛雄生前所教的口訣練成的。

現在，她會吹〈旅愁〉了，那是他們初見時，飛雄吹給她聽的曲子。

秋深夜更　旅宿靜
寂寞心情　獨憂愁

思戀故鄉　憶父母
夢裡束裝　急歸鄉
風打窗扉　聲斷夢
迢遙旅途　孤心亂
……

七巧吹著吹著，想到當日的情景，只覺心摧腸斷，再也吹不下去！

他走時，將心愛的洞簫留給了她，以致不曾帶著洞簫上路。黃泉路上，他是否寂寞？是否記得再去取截麻里竹，做管有九節的洞簫，在天上和她吹奏應和？

飛雄走後這些日子，她無一日不想到他，可是，卻也無一日曾夢到他。這天上人間，到底缺了什麼？竟然不會相通！

然後，她想起最早最早，飛雄聽到她歌聲的那一次。啊，我再唱一遍，再唱一遍，若是歌聲能將你招來，我可以唱千遍萬遍……

每日每夜　等待你
但你依舊不曾來

宵待草的無奈
今夜月亮　恐不露臉
日落西山　夜愈深
屋頂只有星一顆
宵待草　花落地
更夜風已寂

她是一株花已落地的宵待草！初見時命運早已注定，早注定她要日日夜夜等他不來！說起來不是甚為奇怪，竟然如此巧合！他們初見時，她所唱的歌，正是他倆命運的寫照！

「春江喊吃飯喊破喉嚨，妳在此沒有聽到？」不知何時走近的本然，站在七巧面前，居高臨下的看著滿臉淚水的她。

七巧只覺自己的回憶被打斷、祕密被拆穿，有種憤怒、無奈和羞愧。

本然拉出一條長巾，遞給七巧。後者忿然將之拉下，胡亂的擦著頭臉。

本然慢慢蹲下，好奇的拿起那管洞簫，湊近嘴，用力吹了幾下，只聞呼聲，卻聽不到洞簫的聲音。

「還我！」七巧聽到吹奏的嘬口聲，張開眼一看，怒從心頭起，一伸手便將洞簫自本然手中搶下來！

本然未料有此一著，吃了一驚！

等回過神，不覺悻悻：

「不吹就不吹，何須用搶！」

說完，自管站起身子，往屋裡去了。

七巧用衣襬擦拭著方才被本然吹過的洞簫，猶然恨恨難以釋懷，低聲啐道：

「這賣布的！」

而她與這賣布的，依然宿緣未了。

雪櫻一歲半時，七巧發現她又懷孕了。

這一胎，孕吐激烈，彷彿在訴說著她的不甘、憤怒與不情願。七巧的身體，用各式各樣的不適來報答她。

沒有人了解她心中的苦悶。她曾跟鄭飛雄相約要同進同出，這一輩子非他不嫁；但現在，她非僅在他死後不數月即嫁給另一個男人，甚至還和這個男人有了身孕，即將生下這男人的子女。

七巧躺在床上病懨懨的，什麼東西都不愛吃的現象，急壞了包括本然在內的所有人。

這可是他林本然的骨肉吔，是他的頭胎子，如此不吃不喝將待如何？

本然雖不說，但七巧未婚有孕，懷的是別的男人的種，她的別有懷抱、忘情不了，他是再清楚不過了，否則怎會抑鬱寡歡？怎會吹簫落淚？那管簫就是來歷不明的東西，多半就是定情之物。

說來他亦早知此事，也認同了此事，這是此樁婚姻談成的條件之一。

但認同並不表示要永遠忍耐下去。

人生漫漫長，七巧又只二十歲不到，他原想給她一些時間，或者第二胎落地，她就該心甘情願的跟著他了。

在此之前，他只有忍耐。

因此，對於七巧懷胎時的任性，他亦只有噤口且袖手了。

這些年來，千田許是有了些年紀，加上七巧被滿枝所逼流落到肺病療養所致有未婚懷孕的事，千田總覺對女兒有愧。

七巧下嫁林本然，伊雖不說，然而伊心內那種悲哀與抑鬱，千田身為父親，卻是再明白不過。

可以說，七巧的一生，是葬送在他這不能在後妻面前作主的父親手中。

因此，七巧婚後那種形似自暴自棄的任性，千田只有包容，藉包容來贖罪。那是一種下意識的行為。

至於七巧產下的那沒見過的男人的女兒雪櫻，千田對伊，不知要疼或不敢疼，時在矛盾之中。

雪櫻到了一歲以後，很明顯的看出一點也不像林本然，伊長手長腳，肌膚雪白。那些佃戶，包括哺乳餵養的阿川仔家所有人，最喜歡說的一句話就是：

「這囡仔長得神似伊阿母。」

七巧每每凝視著伊，彷彿看到一直晃蕩在眼前的鄭飛雄。七巧有時默默注視著一個人在玩耍的雪櫻，眼底浮起的卻是飛雄。她不是將雪櫻看成飛雄，而是她看到的一逕就是飛雄。

而本然對於雪櫻，一如他對於七巧婚前的所有那般，採取的是不干預、不碰觸，視之為相忍共存的芒刺。

雪櫻亦彷彿可以洞知自己命運一般，自來就特別乖巧聰穎，待在若有所思的母親身邊，不吵不鬧，彷彿亦親身參與了母親的思之歷程。

雪櫻叫名四歲那年的冬末春初，七巧生下了她的第二胎，也是本然的長子，依協議，這孩子林姓，取名清波。

由於七巧無奶，清波照例交由川仔嬸的媳婦梅香餵奶。

連著兩個孩子都交給佃戶川仔叔他們哺乳，兩家的關係由地主佃農進而時相通好，千田仔細打過算盤，雖然有點吃虧，但他還是用幾年以作物償還的方式，將原來租借給川仔叔他們耕作的田地，索性賣與川仔家，作了通家之好。

在千田想來，清波是本然之子，繼承的是林家香火，若是七巧能再生個壯丁，繼承翁家，那才是真正的美事。而七巧沒有奶水，外加沒帶過小孩，如果再生，少不得要繼續拜託川仔家，因此先作點通好的工作是必須的。

何況，他名下那麼多產業，就是少掉那塊薄田，也不算什麼。

和雪櫻一樣吃梅香奶的清波，長到兩歲了才牙牙學語。這孩子與本然簡直像同一個模子印出來的，不僅五官相似，連那身子骨亦十分幼細。見到這囡仔的人，沒有一個不大嘆說：

「嘿！跟他阿爸真是相像啊！所以說啊，囝仔是不能偷生的。」

「他阿母也真是，生得那麼辛苦，囝仔卻是一點也不像她，真冤枉。」

本然自有了清波，不時往川仔家走動。將近四十歲才有了個承繼香火的兒子，難怪他要如此喜不自勝。

清波才一兩歲，本然經常將他架在自己脖子上，這裡走那裡去的。七巧有時覷著，就對春江啐道：

「這人神經哩！囡仔如此被他寵上天，看伊將來成不成器！」

而對於清波的將來，本然早有期許。也不管孩子懂不懂，不怕旁人聽了會不會暗地裡嘲笑，本然經常將清波高高舉起，對著囡仔大聲說：

「阿爸將來給你讀到東京帝國大學，知道吧？你將來是東京帝國大學的學生。」

春江聽到耳朵生繭，有時也背地裡消遣消遣本然：

「這賣布的，好像財產都在伊手頭上一般！口氣真大。也不想想誰在當家？」

七巧默默看著本然在稻埕外高舉著清波作著他身為父親的白日夢，好半天才說：

「孩子要讀書，亦不能老在鄉下地方。不只清波，雪櫻亦快進公學校了。」

春江嘆了口氣，說道：

「講到雪櫻上學，只怕千田哥有意見。他這幾年念念叨叨，不老是在說：女孩子讀書有何用？讀到如山高亦無用，嫁了人讀的書全都成廢物。」

「哪能如此講？現在也有女教書先生，還不是將孩子教得好好的。我原本也想去做教書先生——」七巧講到這裡，自然噤口。昔時的少女之夢，無一個曾經實現，可以說，截至目前為止，她的人生都是失敗的。

春江又嘆了口氣，忍不住還是講了：

「千田哥會反對雪櫻上學，不也與妳有關？妳又能怪誰？」

「若是要講那事，這輩子講也講不完。但事情只錯一次，日後經你們千講萬講，豈不就像錯千次萬次一般？」

「那也是無奈的事。」

「我不管如何，一定要讓雪櫻讀書，學校遠一點亦無妨，誰也無法阻止我！」

「誰能阻止妳呢？」春江嘆道：「妳若是肯聽別人的，事情也不會變成今日這般樣。」

七巧聽著刺心，無來由便冒起火來，大聲嚷嚷：

「雖說是姑仔，講話豈能如此黑白講？當年我在肺病療養所，是生是死都沒人管了，其他還會有人關心？若非是我命大，今日還有七巧這個人不成？還說上一大堆氣死人的話，什麼我不聽人言，才有今日……」
春江亦覺自己出言有欠考慮，可又不能抹下臉來認錯，只說：
「妳嚷嚷幹麼？厝邊頭尾聽了見笑！」
「妳就是要我見笑，才故意講這話！」
「唉唉，妳這女人，怎的講話如此沒天理？」
七巧怒極，摔了手奪門出去，一個人狂奔亂走，不知不覺便上了川仔叔耕的那塊田去。那田埂因才下過雨，滑溜溜溼黏黏，七巧原不曾走慣田埂小路，加上又在氣頭上，想起自小無母、缺人關心，又被後母逼上肺病療養所，自忖必死，沒有離開肺病療養所的機會，才會一不做二不休，將自己的身體交託給鄭飛雄。雖說兩人亦是意愛之中，然而若非前述那種心理作祟，她必不會孤注一擲；而往後，自亦不致有未婚懷孕，逼得必須下嫁賣布然仔的事情。
這件事原是她一生的汙點、是她心裡的最痛！偏偏春江姑仔時時要拿這些話激她！唯恐她不被羞辱、唯恐她不記得……
七巧的眼淚模糊了她的視線，她一腳高一腳低往前走，一下子滑倒，一下子拐了腳，也不管衣服全髒，全身狼狽，七巧走到筋疲力竭、氣消掉大半，這才又一拐一拐的往回走。
回到家，春江看到她那樣子，大吃一驚，急急用大灶燒水，喚她洗澡。
七巧亦不回答，自己蹣跚進了浴間去洗身。洗完出來，再也無法逞強，一歪便倒在床上，開始哼哼唧唧。

晚飯時，七巧無法起身，只喊肚子痛，到了約莫七、八點，下體大量出血。

一家人這才慌了！

本然摸黑去街上請醫生，足足一個多小時才找來年約五十的醫生。

把脈看診又開了藥方，醫生的診斷讓大家吃了一驚：

「動了胎氣，孩子可能保不住。我先開藥方讓伊止血。明日再看情形作第二步。」

全家無一人知道七巧再度懷孕的事。

本然趕著送醫生順便去街上抓藥，匆匆忙忙就走了。

春江不等千田怨嘆，一五一十將下午發生的事招了出來，又說：

「都是我不對，不該說那些話，可我不知她有身……」

「嘖嘖，女人就是如此，沒事找事！妳說伊那些做什麼？伊那件事最忌諱人去碰它！偏偏妳要去搗！」

「不知怎的鬼迷心竅，原不是要說那種話，說出來卻是如此！」

「罷了、罷了！原本期待伊趕快再生一個，好傳我翁家香火，誰知妳們就舞出這樁事來。罷、罷、罷，如今亦只能快快讓伊將身子養好，其他都是後話。」

七巧這一胎流產，足足養了兩個月才可以到處走動。然而，氣色不佳的她，看來卻更加憂鬱了。

8

往昔，老愛在言談間，假裝不經意溜口說出，要林木然和七巧夫婦趕快再生一個傳翁家香火的翁千田，自從七巧流產大量失血之後，再也不曾聽他再次談起。

七巧的表情，雖則大部分是沒有表情，但依然可以輕易讓別人讀出她的抑鬱和不歡。外人不知道，她究竟是恨自己丟失了腹中那已成形的胎兒，還是怨為什麼自己竟然又有了第三胎。

自從春江那次言語的刺激，引發了七巧非比尋常的激烈反應之後，家中再無人能夠預測，下次七巧發怒抓狂會做出什麼事來。

本然有次和千田喝著買來的金雞酒時，後者便嘆著氣對本然說道：

「七巧原本素性亦非如此，伊是個溫馴的女子。或許命運變得如此，使她心裡充滿了恨。伊對於我這個阿爸，未定也有怨言，當年我實在不該聽任滿枝唆弄，讓才十七歲的七巧到台北的肺病療養所去。當時，伊必自忖會死，永遠出不了肺病療養所的大門，所以才會做出那種事。」

本然三杯下肚，有些不以為然的說道：

「命也好，運也好，既然已是如此，沒有一直怨恨的道理。伊如今已是兩個孩子的媽，又已二十五歲，若論好命，有人早生了半打孩子，這時再回去算昔日的帳，亦無處討了，那姨娘亦死去多年……這些年，阿爸，莫說阿爸，我對伊亦是百般容忍，如此尚要如何？」

「是啊，讓你委屈……但伊亦有委屈……這個世間，難講啊。」

千田說不出七巧委屈的緣由，怕如此傷害本然過甚。

「依我看，七巧的毛病全出在太閒這上頭。兩個孩子，無須伊照顧；家中大小事情，又有春江姑仔，七巧閒得會生悶病。若是像人家主婦，要顧一家大小衣食，大大小小孩子一堆，累都累死，哪來工夫發悶？沒事的，阿爸莫管伊。」

「若是再生兩個小孩，或許反而好。」

本然笑道：

「這亦無法強求，人要，仍得看天給不給？不說有子有子命？」

翁婿兩個，悵對斜陽。千田益發感到要有個繼承香火的外孫的必要。

「我今年可也五十九了。」

「尚早、尚早，阿爸尚年輕。」

「我是希望眼未闔之前，看到你們夫婦再添兩個囝仔。」

「哎呀，六十未到，談什麼眼闔不闔的，阿爸莫亂亂講。」

那翁千田雖不常亂亂講，倒喜歡亂亂跑。相較於過去住在台中州時的深居簡出，自搬到彰化郡來之後，或許是地利的關係，只要佃戶有喜事，舉凡入厝、娶媳婦、嫁女兒、生子生孫、滿月週歲，人家都會誠懇相邀。

一來佃戶都散處彰化、田中郡附近，來往方便；二來實在是年紀大了，無所事事，喜歡到處湊熱鬧、找人開講；加上佃戶們殷勤巴結，心情總是特爽，自然就喜歡有邀就赴，來來去去了。

千田赴約時，大部分會帶著本然同去，大約也有向佃戶介紹接班人，讓彼此熟識的用意在內。何況，住在鄉下地方，日無新事，帶本然去散散心、解個悶，對千田而言，視為功德一件。更說他自己有個伴，何樂不為？

所以，經常見他們翁婿兩個，未午時出門，卻往往月亮升上中天才雙雙扶醉而歸。有時甚至遠遠扯著喉嚨，唱那不成曲調的歌仔，一路東倒西歪晃回來。

七巧最恨這種光景，因此她一意攛掇千田搬家。

「要不搬回台中，要不搬到台北，您不是說台北也有物業？」七巧總是背著本然詢問千田。她知道父親截至目前為止，雖擺明了要讓本然接手家業，可卻自始至終都未交出田產地契這些文件。或許本然有著叫父親不能放心的什麼吧？還是父親另有什麼顧忌？

至於七巧自己亦有私心。本然排擠雪櫻，甚至不曾直接和雪櫻說話，自小不曾抱過雪櫻，這些七巧一一看在眼裡。

雪櫻若無七巧護持，將來必蹈她的後塵，像當年她生活在後母滿枝把持之下一般。所以，若是能夠，她打算「暗槓」一些田產地契，以供雪櫻讀書或作為嫁妝之用。

在她，這不算是什麼失德的大事，誰叫本然如此沒有度量？財產總是不嫌多的，清波一個人用得了多少？何妨多少分給他同母異父的姊姊雪櫻一些？更況雪櫻清波，永遠也不會知道二人是同母異父的關係——至少她是不會講的，而本然為了其個人的面子問題，亦不會透露才是。

至於春江，經過上回流產事件之後，伊已經學得謹慎而小心了。這也算是流產付出的代價。

對於七巧執拗的堅持，千田剛開始總是沒要沒緊的敷衍：

「搬家作什麼？這裡住著不甚好？厝邊頭尾都有照應。」

「清波亦大了，何須再有人照應？何況雪櫻亦得上學。」

「若是妳再生呢？」

「到時再找奶娘，會有什麼困難？」

「說到讀書，此間亦有公學校。」

「是有。但是，您沒聽到那賣布的，一心要他兒子上東京帝大？考好學校，窩在鄉下地方怎成？」

「賣布的起痟，莫非妳亦跟著起痟？」

七巧沉默了一下，才說：

「清波現在還看不出來，但雪櫻卻是冰雪聰明。我打算栽培她念師範，不然念高女再考教育先修科亦可。」

這下輪到千田沉默了。七巧所言，不正是她昔日的人生旅途？過去她沒有達成，現在又拿來要讓女兒去行……

「我知阿爸想些什麼。雪櫻有我這母親在，不會像古早我的命運那般。現在時局不同了，女人在外出頭者不少。不能因我的過去，而剝奪了雪櫻的機會。」

千田半天才說：

「女人家，命才重要呀。」

「這我是不贊成的。當年，亦是我自擇的路……」

「七巧，住在這裡有什麼不好？」

七巧眼眶紅了起來，說道：

「不知怎的，只覺悶到會起痟一般。若是再繼續過下去，不知會出什麼事？」

「此地與台中、台北，會有什麼不同？」

「我聽說現在有很普遍的映畫，上海明星影業的《火燒紅蓮寺》亦來映演；如果能到處走走看看，而不是困守在此……」

「在此地，亦可到處走走……」

「此地到街上，莫說有段路不方便，若是到處走走，怕亦有閒話，此間人，畢竟風氣閉塞。」七巧停了下，突然轉口：「像阿爸喝到三更半暝，我亦不贊成，畢竟是有歲數的人了，哪還能像本然那樣，又喝又唱的？」

「這有什麼不好？我覺得甚是爽快。這許多年，和此地一些佃戶時相過從，大家建立了友誼，他們有什麼事都來相請，我亦有餘裕。」

「我還是希望搬家，不然，我帶著孩子，兩頭住亦可。」

「既是如此，」千田沉吟著：「我著人去將台中的厝整理整理，畢竟是妳阿公時代的物業了，原來著了一位叫阿忠的在打理。」

「如此甚好，雪櫻已經八歲，早過了入公學校的年紀，索性等搬回台中再讓她去上學。所以房子的整理，務請要快。」

「要快嘛，就得我跑一趟，明日我搭朝日巴士，再轉平和巴士去台中。本然伴我去一趟好了，或者他對房子的整修有什麼意見亦不一定。」

七巧撇撇嘴，不以為然的說道：

「他能做些什麼？」

但亦沒有反對的意思。

千田因之喚過本然，告訴後者修房子的事。翁婿兩個第二天一早就上台中去了。

八歲的雪櫻細皮白肉，五官娟巧，唯有那雙大眼特別明亮，像煞飛雄。

千田與本然一出家門，雪櫻便充滿好奇的跑來問七巧：

「阿母，春江姑婆說我們要搬回台中？」

「搬是要搬，卻不回原來的住屋。」七巧喚過雪櫻，為伊將兩根辮子整理得有條不紊，又問伊：「讓妳去公學校讀書好不好？」

「阿爸會准嗎？」雪櫻小心的探問。

七巧心一痛，即刻堆下笑容：

「這事無須他作主，阿母讓妳去就成。」

「阿爸不是說，女孩子讀什麼書？橫豎是要嫁人。」

「那是他淺見，無須理他。妳只要好好努力，阿母讓妳讀師範，出來當教書先生。」

「真的？」雪櫻兩眼發亮：「我一定會很努力。」

「那就好。明年春天，妳就可以入學了。」

千田和本然去看過房子之後，委託阿忠叫了幾個做木仔師傅去整修房子，預計個把月便可完工。

七巧因之開始動手整理行李。由於有了變換環境的新希望，因此雖是繁瑣的工作，七巧做起來卻十分愉快。

本然為了監看工程，在開工後不數日，隻身到了台中，準備等工程告一段落才回來。

大家都在忙碌的當兒，倒是千田空下來了。少了本然和他對酌，除了和川仔叔喝茶開講之外，實在也無所事事。而且，住了這許多年，和附近這些佃戶之間建立了感情，一時之間要離開，似乎有點難捨。千田直覺自己是老了，否則怎會有這種兒女情長？

這一日，午飯剛吃過不久，租耕千田家彰化附近靠近秀水一處水田的佃戶陳阿水，赤著腳來到千田租處，笑咪咪的提出邀請：

「我那屘仔囝十六娶某啦，知道田仔哥不棄嫌我們這些種田人，特來相請。七巧姑娘最好也一起去，大家鬥鬧熱。」

「真的！三井那個囡仔，如今也要娶某了？真快啊！我們這些老朽，全給他們這些少年的催老了！」千田半感慨半唏噓，又不忘恭喜陳阿水：「恭喜啊，阿水！你如今可是出頭天啦！」

「哪裡哪裡，還要田仔哥多多牽成！」

「互相啦，阿水！大家互相！」

「十六那一日，一定要來！不來我可不高興！」

「知道、知道，一定去！先恭喜三井！」

十六那日，千田穿上他最體面的黑袍褂，下著黑色綢長褲，興致盎然的準備隻身前往陳阿水住處。

臨行前，七巧送他到門外，不忘叮嚀：

「今日您一個人，早些回來，別跟人喝到三更半暝。」

「知道、知道，又不是囡仔。」千田揮揮手，頗為女兒將他看成少不更事的人而有點不以為然。

七巧忽然心血來潮，問道：

「要不要讓川仔叔去接您？」

千田手一揮，更加不以為然：

「叫川仔特地去跑一趟，幹什麼？他也五十好幾、比我少年沒幾歲，何必折騰他？阿水那邊，兒子好幾個，隨便一個送我回來就可，不要把事情弄得那麼複雜，我又不是去唐山迢迢遠。」

七巧特又陪千田走了一小段路，嘀咕道：

「阿爸也真是，這麼愛熱鬧，什麼都去湊一腳。」

「喂，妳不是嫌這裡太悶。悶不悶全看個人。妳一日到暝全鎖在屋裡，哪裡也不去，自然要氣悶。我就是愛跑，才會過得興致勃勃。」

七巧笑道：

「您過得好就好，等搬回台中州，要跑也沒這許多地方好跑。」

「那可不一定，我索性都在人家家過暝度日。」這話帶著幾分誇張和撒賴，卻又半真半假。千田揮揮手，自大踏步去了。

那晚喝到八、九點，陳阿水家幾個兒子全都因太盡興而東倒西歪。阿水口齒不清、含含糊糊要著人送東家千田，卻被千田「阿殺力」給拒絕掉了！

「送什麼？那路我走得像走灶腳，何須人送？你們若送我回去，我還得再著人送你們，送來送去要送到幾時？」

說著，也不等七、八分醉的阿水師搞清楚，一個人提了袍褂就走出來。

走了一段路，風一吹，酒沒醒三分，倒是打了個寒噤。

沒想到這麼黑，該當要個燈籠什麼的來照照路。

想歸想，千田可沒有回頭的打算。反正就是三、四十分鐘的腳程，上午才走過的，沒什麼難走的路。再踅回去，可平白又多耽擱二十來分鐘，腳程快的都走到家了。

「呃——」伊娘吔！今日喝了兩種酒，糊裡糊塗的。

下回該當記得，就是喝一種到底，不然是有點……呃，也不是醉，是有點暈。

千田一腳高一腳低、踉踉蹌蹌走著。若是回去得晚，七巧又要念叨，伊又不肯先去睡，定要等到他回去……這也真是的，老妻不在了，就換女兒來管，女人家……

千田一腳踩空，「啊——」了一聲，來不及意會什麼事，便滑下溪澗裡去！

溪澗原也不深，那日上午他來時曾經過，若是平時，根本無須持別經心。偏偏那日晚回去，四下裡太黑，走到不該走的邊緣去；而且滑下去之後，他的腦袋先著了地，一頭撞在大石上，來不及哼一聲，便暈死過去。

那晚，七巧等到近十點，開始心神不屬，屋子裡踱過來又踱過去。睡了一覺醒來的春江，迷糊著雙眼問道：

「千田哥還沒到家？」

「若到家，我還這裡著急？」七巧不禁埋怨：「今早才要他早點回來，叫他別喝太多，莫喝太晚……年紀一大把了，仍要人操心……」

「或者不出半小時就到家了，妳且坐下。」

十一點了。七巧坐不住：

「要不要叫醒川仔叔，讓他們尋去？」

「若是阿水他們留他過夜，天寒地凍的，叫醒川仔哥，豈不折騰人？」

「真是！叫人不知如何是好！」

「依我看，怕是喝多了，讓阿水他們留住。妳自去睡吧，明早再作打算，若是中午未回，才著人去看看。」

「中午再去，會不會太晚？」

「三八！」春江大聲斥責：「什麼晚不晚的？以前他亦不是沒有過留在人家家裡的經驗。若是今夜宿醉，明日定必過午才起。川仔哥尋去，剛好接他回來。」

七巧想想，嘆了口氣：

「也只得如此。看來那本然若陪著他，我還放心。」

「是啊，弱弱馬也有一步踢，他們翁婿倒也相契。」

「就是喝酒嘛，兩人都愛喝。」

七巧無奈，只得就寢。但上了床，無論如何就是睡不著。也難怪，自搬遷這裡，千田出去佃戶家吃飯喝酒，很少不帶著本然一起去。

七巧表面上雖嫌他們翁婿半斤八兩都愛喝，但有本然陪著，至少七巧毋庸擔心。像今夜，按理是留宿阿水家了，自己卻如何也放不下心來……

胡思亂想的七巧，過了三更才矇矓睡去，一會兒又作了惡夢驚醒，醒來怔坐半晌，夢中有些什麼情節，倒是忘得乾乾淨淨。

次日一早醒來，預期千田不定什麼時候會回，不敢造次去請川仔叔，怕大驚小怪勞煩人家跑一回。因此，等啊等的，等到近午了才登門去尋川仔叔。

那川仔一聽，二話不說即刻就要動身。七巧有些遲疑：

「若是我阿爸睡在阿水家，豈不累您老人家白跑一趟？」

「那怎叫白跑？亦是偕了他回來，大家好放心。」

「如此就千萬勞煩您了，川仔叔。」

「沒問題。」

川仔人高馬大，長手長腳，一個步子有常人兩步遠，尋常三、四十分鐘才走得到的路程，他二十多分鐘就到了。

阿水家正在用膳，昨夜裡留宿的親友仍有不少，一個廳堂上擠了三桌人。

川仔跑上前，四處裡沒見著千田的人，即刻問訊：

「借問，翁姓頭家，可還留在貴宅？」

那阿水聞道有客問及千田，馬上立起身來招呼：

「誰人尋翁頭家？」

見到川仔，阿水滿臉疑惑。

「您是那裡？翁頭家昨晚約莫九時就走，原要著人相送，他等不及，自己先走了。您是——」

「那可壞了！我是他家著來尋他的，翁頭家至今未回，家裡等得心急，才叫我來接他回去。」川仔叔一經喊糟，急急就要踅回。

「一路來時，可曾——」

「因急急趕路，未曾注意。」

「四方、溫仔，大家放下飯碗，一起去尋翁頭家！」阿水勒勒腰帶，對川仔說道：「我們快快再循原路回去。」

「不知會不會走別的路線？」川仔問道。

「按理不會。只有這路便捷。」

川仔一刻也不肯多留，催道：

「那快走吧！至今未回，可就奇了。」

四、五個大漢，三步併作兩步往回尋，邊四下探看，邊扯著喉嚨喊：

「翁頭家——」

「田仔哥——翁頭家——」

一行人倉倉皇皇來到山澗處，四方和川仔一起發現躺在溪水堪堪淹面的河床上的翁千田！

「這可壞了！」川仔顧不得險，一路連溜帶滾下到河床。

他乍見千田躺的地點，便知無救。千田必是跌昏落在溪中，又遭水漫，只怕早就窒息！

果然，川仔搶到溪澗千田橫身之處，迅快將千田抱起。千田斷氣多時，屍身已有點僵硬。

「千田哥——」川仔到了這時，才發現一路趕著來回，上了年紀，果真有些吃力。不，是因看到千田橫屍荒郊，一下沒了氣力！

一行人將千田扛回翁家，七巧沒有掉淚，怔怔看著昨日穿著簇新禮服高高興興出門的父親，突地跪了下去！

翁家霎時亂成一團！

那陳阿水拚命責備自己：

「是我失算，留他住下就沒事。」

「我自己亦醉得站不起來，才說叫人陪他回去，翁頭家一轉眼就不見了……全該怪我……不該一時大意……」

本然由阿水家的長子四方去將他叫回。如今他算一家之主了，七巧原是個軟腳蝦，這意外又令她幾乎心神喪失，愣愣的無法商量半件事情。

本然亦未處理過這種事，全賴川仔叔、阿水以及春江合力將喪事辦妥，如此亦是兩個多月過去了。

千田生前計畫要搬回台中，如今暫時也就耽擱下來。

但是，翁家，不，林家目前擔憂的事倒不是這些，而是七巧。

七巧病懨懨的、寡食少言，兩眼空洞洞，不知想些什麼。

千田這個死法，無論誰也想不出什麼話安慰七巧。最多只有勸她：

「兩個孩子還那麼小，妳可千萬要保重。」

「妳阿爸死後留下那麼些產業，妳不堅強點，誰扛得起來？本然再如何亦是個外路人，一切全靠妳呀。」

千田出殯前後，七巧就屢屢自夢中哭醒，對著被吵醒的本然叫道：

「我阿爸在水裡——」

本然哄她：

「早將他救起，現此時，伊睡得舒舒服服的，妳莫憂心，若是一直如此哭鬧，伊只怕也不會安心。」

如此鬧了個把月，有一天，七巧起身，顫巍巍走到窗口，只見白鷺鷥在田裡越過阡陌，停在水田中央，飛起、落下，忙個不停。庭前一株桃花，不知何時開了一樹。

七巧看著，不知不覺落下淚來。

那日晨間，她破天荒吃了一碗糜粥。飯後，走到千田屋裡，拿出千田置放地契的箱子，一件一件細看。

她將一張台北州深坑的地契，獨獨挑出，置於自己妝奩抽屜的某處；其餘分門別類分成數疊，三分之一又另外收置，剩下的三分之二則全數交給本然。

「今後收租放租的事，全部交與你了。」

本然拿著那些地契，雖是不重，但他卻覺自己頓時有了分量。

「阿爸生前囑你整修的屋子，若是弄妥，我想早些搬過去，省得在這裡，時時想起不該想的事。」

本然十多年在台中新富町一丁目作生意，他雖不懷念當年賣布的生涯，卻也不能忘懷人來人往的都會景象。鄉下地方，酒足飯飽，過的是無須操勞的歲月，然而，畢竟覺得離那活生生、熱嘈嘈的社會核心太遠了。

那年春天，全家搬回台中州橘町巷子內的一幢前大半是木造屋子，後面加蓋的是磚造的長條平房。

雪櫻正及時趕上進入幸女子公學校就讀一年級。雪櫻那年已是叫名九歲的女孩子，足足比人家正常入學的大了兩歲。

9

昭和十年四月二十一日清晨六點，由於是星期天的關係，不用上班上學，因此一般人家都尚在睡夢之中。

剛搬遷到整修過的這幢房子裡不久的林本然和翁七巧一家，除了一向食少眠缺的七巧早已睜開眼睛躺在鋪上發呆之外，其餘包括負責煮食三餐的春江都猶在睡眠之中。

突然，一陣天搖地動的震撼，似乎始自地心，又盪向天際，將所有的一切籠罩在其中！七巧驚悸得全身僵硬，連喊聲都叫不出來！

放在櫃上，掛在牆上，置於地上的物件，唏哩嘩啦掃了滿地！

本然自睡夢中驚醒，大叫：

「怎樣啦？怎樣啦？」

等意識到是地震，他一躍而起，拉著七巧，雙雙躲在房裡那櫸木小桌面之下，任憑櫃上、桌上、壁上、地上的什物在四周摔得霹啪作響。

好不容易震動停止，本然等了一下，才顫抖的自櫸木小桌下鑽出。忽然，又是一陣餘震，本然大吃一驚，還來不及重新鑽入，震動卻又停止！

本然傻了一般，怔怔站在那裡，半天才如夢初醒似的，喃喃說道：

「這地震可真厲害，嚇死人！嚇死人了！」

七巧人仍窩在櫸木桌底下，手腳發軟的她，此時根本站不起來。她看著本然，顫巍巍的結巴著：

「雪櫻和……清波……他們……」

本然似乎這才想到，應道：

「我這就過去看！」

隨即排門而出！匆匆跑至兩個孩子睡的通鋪間，人來到便扯著喉嚨拚命叫道：

「清波——清波——有沒有怎樣？」

本然用力拉開門，只見清波和雪櫻全都坐在鋪上，前者揉著眼，似乎仍不太確知發生過什麼事；而後者雖蒼白著臉露出驚惶之色，但仍力持鎮定看著門口。

本然一見二人無恙，不覺嘀咕：

「沒事也不會應一聲，害我拚命叫。」

本然看看清波，揉了揉後者的頭，笑說：

「頭殼硬，沒事，沒事！」

說著也不理雪櫻，逕自退出兩個孩子的房間，轉往後面去尋春江。

才走了兩步，本然喊了一聲：

「要糟！」

飛也似的跑向後面！

「春江姑仔——春江姑——」

原來，後面包括春江的房間，飯廳、廚房還有兩間客房，在上回整修時，因為看著結構還牢靠，所以並未再補強整修。如今，經這一強震，廚房整個崩坍下來，兩間客房的梁柱整根垮下，橫插在房間中央！

春江的門關著，可本然抬頭一望，天啊，磚牆塌落，不知春江是否無恙？

「春江姑仔——我要進去了！」

本然用力推門，卻是裡面被什麼頂住，推都推不開！

本然再用力，門仍硬推不開。他一急，抄出斧頭，便用力劈了下去！邊劈邊叫：

「春江姑仔，我拿斧頭劈門，妳且莫撲到門邊！」

本然終於破門而入！只見屋子的梁柱東倒西歪、四邊牆倒磚落，真是滿目瘡痍。

春江側著身，下半身被磚塊和木梁壓著，也不知是昏是醒，躺在那裡動也不動。

「春江姑仔——」本然趨近她，用手搖晃著她：「妳醒醒！我來將東西搬開！」

春江嘴裡開始發出含糊的呻吟，本然顧不得安慰她，只是傾全力要將梁柱挪開。

那梁柱雖已年久，卻仍飽滿粗重，饒是本然有些力氣，卻是移它不得。

本然又努力了一陣子，怕木柱壓著春江過久會有妨礙，急忙扯開嗓門向前面喊話：

「七巧——著人來幫忙！春江姑仔被壓住了！七巧——雪櫻，去前面找厝邊頭尾來幫忙！」

本然從未直接喊過雪櫻做什麼事，此刻見喊了半天七巧卻沒反應，料她是個軟腳蝦，必是驚嚇過度動彈不得，因此只得邊扶住那根壓在春江腰際的木頭，邊向雪櫻喊話。

那雪櫻自幼靈敏，聽得本然喊聲，即刻跑到前門，「咚、咚、咚」去敲隔壁的大門。隔壁人家三代同堂，年富力強的少年家好幾個，開得門來，聽到求救，一下子便奔進來兩個人。

連同本然，三個大漢合力將春江姑仔挪到前面雪櫻和清波的通鋪上去。

「看樣子要請醫生來看看。」

「是。」本然彎腰頷首：「多謝相助。貴府沒有什麼損失？」

「還好，也是後面，幸喜無人受傷。」

本然送走前來相助的隔壁人家，尚未出門，忽然又一陣天搖地動的強震，距離方才只有二十五分鐘。那之後，本然去請來醫生。

春江姑仔上了年紀，除了大腿的外傷之外，其他需要觀察。

「等伊疼痛稍減，帶伊去照個電光，看看內臟、骨骼有什麼傷損。」醫生說罷，就要告辭。

本然忙說：

「請等一下，還有一個，怕是驚嚇過度。」

「驚嚇無藥醫，只能慢慢恢復。」

這場有史以來，台灣中部最大的地震，不僅造成中部地區，尤其是豐原郡、大甲郡、苗栗郡的嚴重損害，包括死亡人數三千兩百七十六人，受傷一萬兩千零五十三人，房屋全倒及半毀共計五萬四千六百八十八幢。而且，由於震央在大安溪，大甲溪兩岸都受波及，災民共達三十五萬人之眾。

由於災情太過嚴重，日本天皇特別派遣入江侍從官，攜帶日幣十萬圓到台灣來賑災。

就在這場地震之中，本然家一下子倒了兩個人。

春江姑仔被壓傷，將養了半個多月之後，已漸有起色。

倒是沒有任何外傷的七巧，在驚嚇過後，連著發高燒、講囈語，鬧了一個多禮拜。等燒退人清楚了，卻又愣愣的時時發呆，寡言少語，不知心裡想的什麼。

家裡躺了兩個人，雪櫻還小，雖已可照顧七巧，要煮飯洗衣畢竟還早，何況伊也得上學。因此，本然又自春江娘家，找來春江的弟媳婦阿柑來幫忙。

阿柑也有四十五、六歲，身材中等，做事相當俐落。此時七巧已無須什麼特別照顧，春江姑仔雖然一跛一跛的，多少還能料理一些輕便的雜務。何況，春江已打定主意不回她兒子媳婦家了，伊說，人好好的尚被年輕少年的嫌棄，更何況是跛了腳，豈不得做小媳婦一輩子招人怨嫌？

本然一來不好趕春江，二來亦覺家中人丁單薄，七巧又病懨懨的，多個老人家看頭看尾亦是好的，因此並不反對春江住下。

四月地震剛過，五月五日上午七時，又發生一次大震；接著，相隔兩個月的七月十七日凌晨零時，又有了另一次強震。

經過三次強烈地震，本然家後半幢房子徹底摧毀，勢得重建。本然斟酌半天，決定向後擴建，而且打算蓋得講究些。

這一切都在他的腦中盤算，未曾有機會和七巧商量。他準備與七巧商量的，亦不是什麼結構屋梁，而是蓋房子的這筆支出。

時值溽暑，雪櫻放暑假在家，帶著清波外面去玩了。

七巧拿把椅子，坐在前院，有一搭沒一搭哼著只有她自己懂得的調子。

她今年二十八歲了，前幾年才鉸掉辮子，燙了頭髮，看起來成熟不少。

這些年，她也和一些台灣婦女一樣，偶然做兩件大褐衫和褶裙來穿，偶然看場電影，哼點曲子。她總是似煙似雲，很難叫人猜得透她在想些什麼。

本然拉了把凳子到前院，挨著七巧面對面而坐。

「這兩日看妳精神不錯，還會唱歌念曲。」

七巧把看向遠的眼光收回，看著本然，半天才好像認出他是誰似的，說道：

「知道我見著了誰？」七巧一笑，神祕的湊近本然：「我見著了阿爸。」

本然眉心一皺，半是動問半是修正：

「可是夢見阿爸？」

「不是夢見，真是看到……五月裡那次地震前不久……阿爸說，世間人作惡太多，所以天界要降災，用地震處罰那些有罪的人，你瞧，死的傷的那許多人。」

本然心裡發毛，問道：

「阿爸跟妳說？」

「是啊，阿爸特來跟我說。他在天界，現此時管的是文書……」

本然將信將疑，搞不清楚七巧是糊塗還是煞到？若說夢到死者或有可能，看到的話，就未免有點那個了。

「我還看到上回壞掉的那個孩子，有沒有？清波的弟弟！他此刻在天上聖母身邊當差，就這麼一點點大。」七巧拿手比畫了一下：「他說他會保佑我們家。這幾回地震，我們家都無災無難，就是他在保佑。」

「七巧，妳是不是糊塗了？盡講這些話，叫人聽了害怕。」

七巧眼一垂，不高興的說：

「我就知道你不信。算了！」

本然心想，若是七巧糊塗，我拿別的話試試她。

「咱們且先商量別的事情，這事比較要緊。」

七巧搭著眼皮，並不回答。

「我是想，來了三次地震，房子的後半幢全都完了，必得重蓋。重蓋要花一筆錢。所以我來和妳商量。」

七巧眼沒抬，嘴裡卻說：

「你找我商量何用？錢財的事都是你在管，我手上不曾有錢。」

「我知道、我知道。」本然吞吞口水，說道：「現此時家中亦沒什麼現錢，所以，我來和妳商量商量，是不是賣掉一塊田地，換點現錢？」

七巧停了半晌，忽然嘆了口氣：

「阿爸一不在，我們就要開始賣田地過日子了？真是了然呀！如此坐吃也會山空。」

聽得七巧如此說，又是巧巧人再明白清楚不過。本然因之迷惑起來，方才七巧所言，會不會果是真實的事情？

就因為她這種清楚明白，因此本然亦不敢欺誑，老老實實的便說：

「碰到天災，亦是無奈。蓋房子要一筆大數目，田租微薄，僅夠度日。而且，就因為田租微薄，放著有些可惜，不如將那收成較差的田地，索性賣了，今後我也看看作什麼生意，勝過吃閒飯，就像妳說的，坐吃終是會空。」

七巧想了想，最終還是說了：

「家中大小事情既是你在掌理，我也不好說什麼。你就看著辦吧，反正是蓋房子，又非平白花掉。」

「房子不蓋不行。眼看清波要進公學校了，總得給他一個讀書寫字的所在。」

七巧臉上浮起淡淡的笑容，說道：

「清波也要進公學校了，時間可過得真快啊。」

本然也含笑喟嘆：

「這些猴囝仔，猛長猛長的，沒幾年，怕不都娶妻、嫁人了！」

七巧臉一擰，神色一陣恍惚，喃喃說道：

「一個一個都走光了，又剩我一人……」

「妳想到哪裡去？清波才要上公學校，到他可以娶妻生子，起碼還十幾年。何況，他娶妻生子，依舊和我們同住；我也一直在妳身旁，還有春江姑仔、阿柑……」本然忽然住口，因為他發現七巧並未曾傾聽他的安慰，她似乎沉浸在自己的哀傷思緒中，一點也沒有答理他人的意願。

「你知道，那裡一年要燒多少死人？一管大煙囪，冒出來都是燒死人的煙……秋桂姊、園子、飛雄……痛啊，火燒在身上的那種灼痛……還好那孩子……不，我也不知春江姑仔把他怎麼了，我常看見他全身是血，對我哭著……是個男孩子呢……」

「七巧、七巧，妳在說些什麼？」本然用力搖晃著妻子，大聲叫喚著她。

「我說什麼你不會知道，他們不會跟你說話，但他們一直跟我說個不停，你聽，是秋桂姊呢……是呀，妳的兩個兒子都來看妳了，不會死啦，別亂亂說，妳尪婿也來了，他一向工作太忙，所以較少來看妳，不是無情啦，妳莫亂亂想。」

「七巧，妳莫是著了魔……」本然駭然的看著自己的妻子，這景象的震撼力太強，以致他瞠目結舌，不知如何應變才是。

「同榮嗎？同榮好好的，伊年輕，不怕，這肺病要禁磨，年富力強的自然受得住……」七巧垂著眼，若非嘴裡一直一開一闔說著話，外人看來簡直像老僧入定一般。

本然推開椅子，驚駭莫名的站了起來，見七巧尚不知不覺，他更驚惶！他慢慢退離前院，跑到後屋裡去尋著了春江，開口便說：

「春江姑仔，您到前院去看看七巧，伊莫非起痟不成，一個人對答著許多奇奇怪怪的言語……」

春江對於本然的駭異神色似乎未如預期般如斯響應，只簡單回說：

「伊又不是今日才開始。」

本然聽了，頭皮一麻：

「莫非先前妳已見過？」

春江默然低下頭。

本然一急，失聲問道：

「這，這可是起痟？還是一時失神？」

「你沒事起痟起痟一直嚷嚷，難道要她真如你詛咒？」春江怨道：「一時失神亦是有的，我們這些厝裡的人，唯有留神導正她，莫再如此驚怿，否則病症只有日見嚴重。」

本然惘然：

「怎會如此？」

「伊自小歹命，生母自生伊即久病；母死又來個沒器量的後母，逼伊去那什麼肺病療養所。伊在那個所在，不知吃了多少苦，受了多少刺激回來，家裡沒個人好講……匆匆嫁給你，伊亦無奈；緊接著又發生那許多事，莫怪伊變得如此，可憐啊，巧巧一個女孩子！還念到高女快畢業。」

「依我看，就是念書念壞了。」

「不管如何，伊現今是你的妻室，你必得好好相待；她家所有財產，此時亦在你手中，一切就全看你的良心了。」春江語重心長，款款勸說著本然。

「我自然是不會虧待她，若有藥醫，也會帶她去醫。問題是，這痟病如何會有藥醫？」

「你若開口閉口痟啊痟的講，是你自己會被人恥笑，而不是七巧。如何自己的妻室，竟這般無情相待？」

「不過是一時說漏嘴，春江姑仔無須疑慮。」

「這種病，也有人一下子忽然明白的。」

「我看七巧，有時巧巧人一個，再明白不過，有時卻顛三倒四，老像在跟什麼人對話似的。」

「伊若正常的時候多，就是好現象。厝內這些人，有閒大家多陪伊些，或者伊就不會喃喃自語。」

「唉，清波才要上公學校，伊卻害這個病。」

「萬般也是命。過兩日我去燒香，拿點香灰回來給伊就水喝下，求菩薩保佑。」

本然雖不太贊成春江姑仔的香灰療法，逼於無奈，亦只好認了。

從此，那七巧發呆的時間越來越多，獨處時候，伊又經常像在和什麼人爭論，大聲小聲的嚷嚷，甚至還會粗口野舌的罵出一兩句她平時不會出口的髒話。

春江如今腿跛了、做不動事情，亦不領月給，只在本然厝裡換個三餐和住宿。伊現在最常做的事情便是陪七巧談話，生怕冷落了後者，令她更常獨白。

但是，七巧心性這些年來大變。她過去不太怨天尤人，如今開口都在數說別人待她的不是，有時連春江都被逼得快無法忍耐下去了。

「妳盡說這些過往做什麼？人死不能復生，滿枝和妳阿爸都是過去的人了，妳難不成還將他們自棺材挖出來算帳不成？」

「那當時，妳亦不曾好好替我設法。若非是妳跟我阿爸說了，我何須嫁給這賣布然仔？一輩子無法跟人平起平坐！」

春江姑仔只覺七巧番番癲癲，有理到了她那裡亦成無理可喻，簡直比老番癲還說不清楚。

「妳莫忘了，彼時妳肚子有了五、六個月大，藏會藏得住嗎？不快嫁人，妳要現世現眾？我不跟妳在此盤來盤去，盤得我都快沒氣啦！」

春江自然不知七巧此時一直有著幻聽，老有個人對她數落別人的是是非非，錯處惡處；老有人攛掇她算老帳，挖舊瘡疤，把過去所受的委屈全掛到身旁這些親人身上去。

對於七巧的不可理喻、不受教、不厚道，春江漸漸也失去耐心。姑姪兩個，有時一言不合，嚷嚷起來幾乎要掀掉厝蓋。

春江自然也不曉得，七巧對於這種種情況的發展根本無能為力，她完全無法控制自己的行為，所有的思想、言行，就像有人操縱她一般。

慢慢的，厝邊頭尾也漸漸知曉七巧這個毛病；春江與本然心餘力絀，逐漸的不再試圖要去匡正她了。

10

雪櫻十五歲時公學校畢業，小她四歲的清波正在專收男孩的村上公學校三年級就讀。姊弟兩個，正應了「豬不肥，肥到狗身上去」這句俗語，雪櫻成績，六年來一直名列前茅，而清波卻生性貪玩，一點也無心在功課上頭。

那時，中日事變發生三年，日本退出國際聯盟第七年，景氣持續低迷，大學畢業生謀職困難，失業者非常多。

雪櫻原想報考師範學校或彰化高女，但一向鼓勵她升學的母親七巧，卻是病得大半時候神智都不清楚，找伊商量自是不太可能會有什麼結果了。

雪櫻私下忖度，本然自幼就不疼她，不知怎的，父女始終就甚無緣，本然甚至連話都很少和她說。在雪櫻心中，只覺自己不得父親疼惜，和父親重男輕女有關，恐怕也和二人無緣脫不了干係。她自然不曉得自己並非本然的親骨肉這層祕密了。

她是很想升學，但母親既不能作主，要求父親只怕會有困難。可是，雪櫻又不想如此不爭取就輕言放棄，於是，她找到了已十分老邁、這兩年自忖來日不多，一直咕嘀著要回伊老家的春江去當說客。

春江其實也不太贊成女孩子讀太多書，但雪櫻自幼像小媳婦般不得本然眷顧，確實引起春江的惻隱之心。伊因之願意去試探本然的口氣。

「我說本然吔，孩子只有兩個，雖說雪櫻不是親生，畢竟也在一起一家人十五年，不疼也惜吧，尤其是雪櫻那麼乖巧的一個女孩子。」

本然抬起狐疑的臉，那是張日日喝酒、日日喝到醺醺然，遠超過實際年齡的蒼老的臉。

「姑仔又有什麼事要講？」

「算你巧巧人很清楚。」春江清清喉嚨：「那雪櫻眼看就公學校畢業了，你可曾打算讓伊去報考師範或什麼的？」

原來是這事！本然不慌不忙說道：

「現成一個活活的例子伊沒看到？伊阿母不也是什麼高女的，如今呢，妳看吧！連個清清楚楚的時候都很難。」

「這怎能如此說？哪有舉這個例的？」

本然胸有成竹、老神在在的又說：

「查某囡仔讀書，我不是不贊成。不過，春江姑仔，您也想想，雪櫻今年十五歲了，高女或師範，一讀又是五和七年，如此就二十開外了，豈不變成老姑娘一個？您得想想，命好比什麼都重要，二十多歲的老姑娘，選擇較少，還不如就讀到公學校畢業，過兩年，尋個妥當的人家嫁了，還比較可能有幸福可言。」

「話雖不錯，但雪櫻那麼想讀書，她成績也好，不升學不是太可惜了？」

「春江姑仔，您算算她的年紀，她今年是十五，不是十二、三咧，讀師範畢業就二十二了，老姑娘不好嫁，豈不害她？」

本然這些話確實打動了春江。是呀，二十二、三歲的老姑娘，養了又不是當皇帝娘，豈不反而害她？就當雪櫻沒這個命吧，入學比人家晚，就注定她沒有繼續讀書的命。

儘管心理上已認定雪櫻不能繼續升學較好，但春江仍善盡職守，在後面將了本然一軍：

「說來說去，你還不是怕花錢，你有私心，雪櫻不是你生的。」

「現此時，物資都要分配，誰好過？這是真的。不過，讀師範全部官廳出錢，我們一毛也不必花。所以我不是為了省錢才不要她讀書。您仔細想想，我真的是不要她跟她阿母一樣，讀書讀到傻憨。」

春江無奈，把年紀的事分析給雪櫻聽，末了又加上一段：

「人水還得命水，看看妳阿母……讀了那麼多書害了她。」

雪櫻咬咬牙，說道：

「早知會是如此！我阿爸待我，連養父還不如！我究竟是不是他親生？」

春江聽了後一句語，一陣心驚，居然忘了否認或辯解。

雪櫻機靈，看到春江神色，心中忽然一動，趨近身去，低聲問道：

「姑婆，我生身父親……是誰？」

「莫問我這個！」春江老糊塗，一時著了雪櫻探問虛實的道，不知不覺便露出馬腳。

那雪櫻，心裡結結實實吃了一驚，忽然傻了！自己不過胡亂發發牢騷，竟然就是事實！十五年來本然待她的冷漠，點點滴滴都上了心頭！

原來——難怪母親會嫁給父親！也難怪母親會那麼抑鬱、會得這種桃花癲啊！

原來——那她的生父是誰呢？她是誰的女兒？

原來——本然沒有拿她是眼中釘已是萬幸，她還企望他能疼惜她，那不是作夢？

原來——她不是……

雪櫻只覺心神俱裂，一時招架不住這新發現的事實，頹然坐到椅上！

她現在已沒有心力去管升不升學的事，還有比這更重要的事要弄清楚，而且，既非自己親生父親，她有必要再繼續去讀個五年、七年的書，繼續在這兒磨下去？

雪櫻足足想了十來天，千想萬想，最後才能說服自己接受這個事實。

春江那裡所問出的生身之父，形象非常模糊。老春江被問得性起，大聲回道：

「我豈會知道？我又沒見過伊！」

雪櫻去尋她母親七巧，七巧這些天情況時好時壞，雪櫻進房，伊正痴對著鏡子瞠視自己，對於女兒進來視若無睹。

「母樣。」雪櫻趨近七巧，站在伊背後，雙手扶住伊的肩頭：「我來幫妳梳頭。」

七巧並未答腔，只默默坐著。

雪櫻開始溫柔的替伊梳著那早已不鬈曲，而且嫌長的頭髮：

「母樣，頭髮都爬藤了呢，那一日去剪剪？」
「這些日子心情不爽，他老和我爭執，從早到晚說個不停，要我去媽祖宮燒香，說媽祖叫我去。」
雪櫻聽到後來，確定母親口中的他不是家中任何人，而是伊幻聽中的某人。在母親神智不甚清楚的現在，或許問不出什麼來。但母親這癲病，眼看是一日不如一日，此時不問，將來更是不清不楚。
雪櫻小心翼翼又不失清晰的開口說：
「我親生的阿爸，聽說是東京外國語學校畢業的，伊不曾和母親結局，據說是因害了肺病去世的。是不是這樣？母樣？」
七巧有一陣子沒動沒靜，最後彷彿終於聽懂了女兒的話，全身顫抖起來。
雪櫻停止了梳頭的動作，靜靜等候七巧平靜下來。
「是誰……告訴妳這些？」
「這個阿爸，自小不疼我，我早知道。」雪櫻說了點謊。「母樣，妳定要告訴我，如果不知親生父親是誰，我一輩子都會難過的。」
七巧似乎陷入前所未有的狂亂之中，伊抓著梳妝台面，手背上青筋因用力而一根一根暴露出來。
「母樣，我父親是個什麼樣的人呢？」

七巧抓著鏡台面的手慢慢鬆弛，半天，才掙出一句話來：

「妳如今這身量，就是遺傳妳父樣的。」

「母親手邊，是不是有父親的寫真？」

「妳……五官，特別是眼睛，最像妳父親……」

「可有父親的寫真？或是他留下的任何東西？」

七巧顫巍巍扶住鏡台站了起來，扭轉頭，與早已長成大人身量的雪櫻近距離平視：

「我收了十五年，不知有沒有這因緣交給妳……」

雪櫻屏息看著母親翻身去床後側的箱篋中翻尋。

她的母親——三十三歲的七巧，雖然得了桃花癲，人反反覆覆沒個正常樣子，但光看伊的外貌，依然端整秀麗；而且伊的身段一直中規中矩，有模有樣，一點也沒有「溢」或「垮」的走形。可以說，也許正因脫離現實，不參與粗糙的現實，所以七巧才能維持這樣的年輕美麗吧。

七巧自箱篋中尋出，不，是拿出那包伊顯然收藏甚好的什物。用布巾包好的什物究竟有什麼東西看不出來，倒是露出一截竹管的笛或簫觸目驚心。

七巧將包巾置於鏡台之上，輕輕攤了開來。

只見包巾之中，有一疊宣紙寫就的毛筆字，更多的則是不拘什麼紙質寫成的類似練字的一張張帖子；此外，就是一些因乾枯而脆裂殆盡，幾乎只剩葉脈的枯葉。

「這些樹葉是什麼？」雪櫻捺住心跳，小聲問道。

「是妳父親當年，信手寫在葉子上的毛筆字，妳看看他那一手好看的字。」

雪櫻屏息拿起那些紙和枯葉，不敢多問。唯恐問多了擰到那反反覆覆的母親，怕伊一下子翻臉又不肯對她多提她生身父親的事。

「妳父親讀了一肚子書，對藝術又特別偏好，寫得一手好字，笛、簫都能吹……上天妒才，叫他短命。」

雪櫻從七巧手中接過那幀兩寸的、用紙包得好好的、模糊的、褪色發黃的小照，忍不住兩眼模糊：

「父樣——」

七巧也感情澎湃，泣不成聲：

「若他不死，我們今日會是一個如何不相同的家——他死，而我懷著妳，不得已……嫁給妳現在的阿爸……命運如此，我當初萬萬沒有想到！」

「這是父樣的名姓？」雪櫻指著一張紙上寫著的「鄭飛雄」三字，那名姓傍著七巧的名字。

是啊！她原該姓鄭，姓她親生父親的姓。不過，沒有叫她姓後父林本然的姓就太好了。這也是命運，七巧招贅，抽豬母稅的結果，頭胎的雪櫻，就冠上母親的姓。

「這些東西，我原本想等妳出嫁時再給妳，既然妳今日提出，我就將它們全給了妳。還有——」

七巧話未說完，又回身到箱篋裡拿出一包文件，當著雪櫻的面攤開。

「這是妳外公留下的地契，大部分在妳阿爸手中，不過，我特為攬下幾張，要留給妳，否則那賣布的沒度量，絕不會給妳。」

「母樣，我現在不需要這些。」

「妳留著，嫁人的時候一併帶過去，算是妳的嫁妝。把地契和妳父親的手稿、寫真放在一起，從此以後，我就毫無牽掛了。」

七巧督促著雪櫻將那些手稿、地契和相片，一起用布巾包起。

「不要讓妳阿爸知道。至於這個洞籥我且留著，等我撒手不在，妳再拿去。」

「母樣，莫說這不祥之語。」

「東西收好，就來幫我剪頭髮，難得我今日覺得精神爽快。」

「既如此，我拿塊布來遮髮屑。」

雪櫻拿了塊橫布，溫柔的鋪在七巧頸項之下；然後，她執著髮梳，益發溫柔的，一次一次梳著七巧蔓長的髮絲。在這樣的動作之間，她冥想著十六年前，年僅十七的母親，如何和她高挑瘦長的親生父親愛戀著。

兩個月以後，雪櫻公學校畢業。

她放棄升學的遊說和努力，選擇就業，為的只是要儘快離開這個不屬於她的家。

雪櫻應徵公路局車掌的工作，並且被錄取，接著很快就上班、開始工作了。她每天所跑的路線，固定是台中經大雅到豐原，然後再逆向回來，如此多次循環。開始時覺得很累，一直到半年之後，才逐漸習慣。

中日戰爭持續了幾年，昭和十六年底，又爆發日美之戰，即所謂的大東亞戰爭。戰況日益激烈，物資明顯缺乏，配給制度下，林本然家若非佃戶不時拿些肉啊、蛋啊或青菜等作餽贈，只怕大家也面有菜色。戰爭期間，鄉下農戶，往往有較多的漏網之魚，林本然家得到的最大的贈禮，便是一隻宰殺乾淨的公雞，全家因之打了兩天的牙祭，特別是清波，為了他正在發育，大家獨獨給他最大也是最好的一份。

即使集三千寵愛在一身，但清波仍然繼承了他父親的五短身材，生得矮瘦，不管一家人如何挹注營養和食物給他，他始終是那「不結」的樣子，絲毫沒有遺傳到七巧的特點。就連讀書也一樣，本然沒識多少字，或許與伊沒有機會讀書有關；而清波卻是無心在書本上，只想和厝邊頭尾那些猴囝仔玩耍嬉鬧。

七巧現在莫說課子了，連好好說幾句話都有困難。而本然有心無力，除了念叨清波之外，一點也插不上手可讓清波用心於功課。

昭和十七年初春，雪櫻照例跑豐原大雅台中的幹線道。從大雅上來一位二十多歲、看來像會社行員的年輕男子。一上車，他照例選擇司機後座、面對車掌的位置坐下。

然後，時而假寐，時而又張開眼睛，炯炯有神的看向雪櫻臉上。

雪櫻被迫注意到這個年輕人已經很久了，半年以前，不，是一年以前，不、不，應該是更早，也許在她剛剛做車掌這個行業沒多久，此年輕男子就日日搭乘這班公路局了。一開始雪櫻要應付新工作，手忙腳亂，所以根本無暇注意到乘客。日久熟手，逐漸有能力分神關照其他，那雙隨時追隨雪櫻，而且不時偷窺的眼睛，終於被雪櫻捕獲了。

那是一個中等略高的男子。留著老實的西裝頭，有一點英俊，又不是太好看的人，嗯，可以說只是一個非常普通的人而已。不過，他的神情，卻洋溢著一股說服人的熱情。

雪櫻就像大部分情竇初開的少女，對於追求者先是羞赧，再來評估，慢慢理智的評價就被追求者鍥而不舍的追求廝纏弄得漸漸潰散，只剩下竊喜和羞澀。

這沉默的追求者如此默默以目光追求了大約年餘之後，有一天，在下車時，他突然塞了一封信到雪櫻手中，嘴裡喃喃說了句：

「失禮，請接受。」

之後便匆匆忙忙逃下車，落荒而走。

雪櫻驚魂甫定，覷著沒有客人上下車時，偷偷瞄一眼那封署著她名姓的信封，然後唯恐被發現似的，偷偷將信搋進懷裡。

光是如此兩個動作，雪櫻一顆心早已撲通撲通跳個沒停。

那日回家之後，雪櫻一個人躲在房裡偷偷讀著那封信。

原來，那男子自稱名叫郭紀元，他的二妹郭雅芬在公學校時是雪櫻的同班同學。

雪櫻讀了這封信開宗明義的自我介紹，腦海裡不知不覺便浮起郭雅芬的樣子來。不錯，公學校時，郭雅芬的確和她同班，她還記得雅芬的樣子：個頭中等，一張和氣而經常浮出笑容的臉，相當可愛。

雪櫻突又記起，前不久雅芬搭過她當班的車，那時她們還聊了幾句話，若不是當時車上人多，她們還可以聊得更多。會不會雅芬在那個時候就想告訴她有關伊哥哥郭紀元的事？

信繼續看下去，郭紀元作了簡單的自我介紹，原來他自豐原商業學校畢業之後，就考進台中製糖會社當會社員，一直工作至今。

郭家父母生有兩男兩女，郭紀元是男孩中的老二，而郭雅芬則是兩個女兒中的幼女。

信中自然不乏傾慕的言語，雖很含蓄，但已足夠挑起一個懷春少女的心弦。

那以後，大約平均兩三天，雪櫻就要收到郭紀元一封文情並茂的來信。雪櫻原來對文學就有點興趣，所以雖只公學校畢業，但對於文章好壞卻還有些鑑賞的能力；而郭紀元念的雖是商校，但那是為了就業考量，其實他本人是頗喜歡文學，文章也寫得相當可觀。所以雪櫻讀他的信，算是雙重享受。

那年春暖花開的時候，雪櫻逢到休假日在家，意外來了個意料之外卻又似乎是意料中該有的訪客——郭雅芬。

一見到郭雅芬的臉，雪櫻心裡有數，但表面上仍然一如見到老同學般以平常心招呼著。

「今天日頭赤炎炎，一路上來這裡，曬得很熱吧？」

「還好，我揀亭仔腳走，不算難走。」雅芬坐在林家客廳木雕的太師椅上，游目四顧：「府上布置得很雅致呢，可惜以前我都沒來過。」

「哪裡，談不上擺設或布置，只是簡單素樸而已，因為家母長年身體不好，我又有頭路，家中一直沒有人做主布置。」

「伯母身體如何？」

「沒什麼，只是身子骨弱，伊自幼就是嬌生慣養，懷我們姊弟之後，就更衰弱。」

「原來如此。」

「今天怎麼突然有空來玩？」雪櫻在寒暄過後，因詞窮而不知不覺直接問到核心問題。

雅芬大約早有準備，笑笑說：

「娛樂館在映演電影《純情二重奏》，聽說很好看，我來問妳要不要一起去看？」

「喔。」雪櫻沉吟著，不置可否：「電影呀？」

雅芬突然欺身向前，壓低聲音說道：

「其實，是我二哥想請妳看電影，不知妳願不願賞光？」

「這件事……好像有點……不太好吧？」

「為什麼呢？」雅芬睜大眼睛，詫異的說道：「想不到雪櫻樣如此保守！現在這個時代，最流行的是自由戀愛。如果我有機會，也希望自己是經由自由戀愛而結婚。雪櫻樣，我們都是讀過書的女孩子，應該懂得爭取自己的幸福才對。何況，我二哥和妳，也不完全陌生，至少你們都認得我呀。」

「是，不過——」

「除非妳不喜歡我二哥。」

「不，不是的！只是——」

「那就好了！」雅芬高興的說道：「我們三人一起去看映畫，那一定很有意思，妳正可藉這個機會，考量一下我二哥的談吐人品。」

「可是，若被別人看到了，會有閒言閒語。」

「雪櫻樣，我二哥所以約妳，是有著永遠的意思。既然如此，別人的閒言閒語也會中止才對。何況，難道妳想憑媒妁之言，輕率的決定自己的終身大事嗎？和一個不認識的陌生人共度一生，不是非常可怕？」

雪櫻想到她母親的一生，以及自己的身世。這父親既非親生之父，自然不會在意她的幸福，她的下半生，必須靠自己把握，換言之，她也該自己決定一己的終身大事才不會有遺憾才對。

想到這裡，勇氣頓生，雪櫻因之爽快的答應：

「既是雅芬樣如此說，想想亦有道理。那麼，一切就勞煩妳了。」

「太好了！我即刻回去告訴我二哥，那麼，我們就約好下午兩點在娛樂座門口見面。」

雅芬任務達成，隨即告辭：「不要耽誤了。」

「那我送妳去搭車。」

「不，不，我自己去就可。」

其實，郭紀元正等在不遠處的親戚家候消息。雅芬一回報，兄妹兩個高興得就一分一秒數著時間等候雙方會面。

約定時間未到，郭家兄妹早早等在娛樂館前。

雪櫻因著走路的關係，趕到約定地點時，香汗微泌，兩頰紅撲撲的，益發襯得她雪膚朱脣，明眸皓齒。

那郭紀元一見了她，先是訝然於她更勝平時的嬌豔，半天才有些結巴的說道：

「多謝賞光。」

雪櫻鞠躬如儀，心跳使她忘了應有的應對。還是雅芬一旁催著才結束了雙方的尷尬：

「我們進場吧。」

在影院裡，郭紀元坐中間，雪櫻與雅芬分別坐在兩旁。雖是一直到終場前三人均未交談一語，但雪櫻卻仍緊張得腦袋發暈且茫然，電影演些什麼，實在不甚清楚。

好不容易散場了，雅芬即藉口有事，不等雪櫻回應便先行離開。

雪櫻一時不知如何是好，靦腆的對郭紀元說道：

「謝謝您招待的映畫，非常好看。那麼，就此告辭了。」

說著，又鞠了個躬。

「等一下！」郭紀元問道：「妳還有其他的事嗎？我是說現在。」

雪櫻搖搖頭，老實的回答：

「沒有。」

「既然如此，何必急著回去？時間還早嘛。」

「是。不過——」

不等雪櫻說完，郭紀元攔住她說：

「難得出來一趟，到處走走吧。」

「可是——」

「雪櫻小姐不是沒見過世面的人，所以我才不揣冒昧請妳出來。我只是想讓雪櫻小姐多了解我一些而已，因為我寫了許多信給雪櫻小姐，雪櫻小姐讀了那些信之後，或許會有更多問題要親口問我。」

雪櫻聽了此語，陷入兩難。她的確有話要問他，可也不能如此坦白呀。

倒是郭紀元又說話了，他說，語氣十分認真誠懇。

「我也有許多話要和雪櫻小姐討論呢。」

到了這個地步，雪櫻無路可退，只有硬著頭皮留下來了。

他們二人自娛樂座步行到台中公園去。

在公園內，行經台中神社，二人擊掌膜拜，頂禮而過。郭紀元提議要泛舟湖上，雪櫻沒有異議。

天氣很好，午後四點多，太陽已過了最高焰的時候，可又尚未到黃昏時候，暖而不熱。泛舟湖上，微風習習。

郭紀元關心的問道：

「車掌的工作十分辛苦吧？一直都在顛簸的路上，不像在一個固定的地方工作那樣。」

「也還好，習慣就不覺辛苦。」

「令尊、令堂捨得妳出來工作？像雪櫻小姐如此嬌豔，一般都是很受疼惜的。」

「是我自己願意出來，不然整天在家亦沒什麼事做。」雪櫻出於本能的為自己的雙親，不，是為自己辯護。她怎能讓郭紀元知道自己是個不得非親生父親疼愛的女子呢？還有，她母親的病，也是很難以向他人啟齒的呀。

這個話題就此為止，郭紀元雖不是頂擅於察言觀色，但他也不會抓住話題窮追猛打；何況是在如此明媚的春日黃昏，誰會不識相的談些生硬的話題？

那以後，郭紀元大約兩個禮拜約翁雪櫻出來三次，不外是看電影和散步。那一段日子，不僅義大利電影、西德電影或日本本土的電影，如《美的祭典》、《愛染桂》、《蘇州之夜》、《宮本武藏》及《民族的祭典》等，幾乎都被這兩個年輕人看遍了。

昭和十八年秋天，郭家正式找媒人來提親，一聽雪櫻和對方認識，本然又有話講：

「女孩子家，讀一點書就會作怪。」

春江幸而年老卻不糊塗，伊當下就為雪櫻說項：

「這年頭，既是在外面做事，少不了會有認識的人，算什麼作怪？雪櫻算是尊重你這做阿爸的，著人正式向你提親。這十八年來，儘管你從未疼惜過她，在這最後一次、也是唯一的一次麻煩你的事項上，你不妨做得漂亮一些、也做得大方一點。雪櫻尊重你是她爹，你也擺個作主的爹的樣子出來。該有的禮數、嫁妝，最好一件不要少，免得人譏你無量。」

「嘖，嘖，誰無量了？我什麼也沒說！對不對？」本然抗議道。

「說不說是其次，你要做得好看，免得壞了你是地主的名聲。不知道的人，會說你唯有一兒一女，儉吝如此，豈不留著錢財要進棺材？」

「哎唷，春江姑仔！如何卻咒我？」

「不是咒你，是提醒你。」

「放心，一樣也少不了她的。」

本然果也信守諾言。訂婚的二十四大件，辦得體體面面。戰時中，嫁妝雖是比上不足，倒也比下有餘；至於細軟金銀方面，本然無論如何卻是拿不出手。

那一陣子論及婚嫁時，七巧人一直糊裡糊塗，顛三倒四，誰也沒辦法跟她討論雪櫻的終身大事。

訂婚時，林家沒讓七巧現身，只以人有病在身打發過去。

訂婚後，有一日雪櫻覷著七巧一個人在窗下吹簫，駐足傾聽。

七巧要吹不吹，最終亦沒吹成曲調。

伊將洞簫廢然放下，懊惱的埋怨著：

「最近腦子亂糟糟，一些譜都忘光了。」

雪櫻見七巧講話明白，似乎可以一談，因此決定將自己訂婚的消息告訴伊。

「十二那日，郭家來下了聘訂。他們準備十二月初六來迎娶。母樣還記得這件事吧？」

七巧茫然的看著女兒，雪櫻遂將文定的事更詳細的告訴了七巧。

七巧花了些時間才弄明白女兒即將出閣。伊想了一下，問道：

「那賣布的，可給妳什麼嫁妝？」

「有些材料要訂做，另外，他也說過要準備幾塊布段。」

「沒有給妳什麼首飾？」

雪櫻頓了一下，說道：

「郭家下訂有首飾。」

「那怎麼行？」

七巧說著，自又去翻箱倒篋，拿出一個漆金盒子，挑出兩對各為金飾及珍珠的耳鉤、一條金項鍊、一塊正紅珊瑚胸針、兩隻金鐲子，用手絹包起，放在雪櫻手中，說道：

「這是我手上比較值錢的東西，我留著沒用，妳拿去吧。還有，我記得有幾張地契給妳，那也值一些錢。」

雪櫻笑道：

「母樣記性真好，那是好幾年前的事了。」

「我如何會忘？那是妳外公留下來，我沒讓賣布的知道。」七巧摸摸腦袋兩側，抱怨說：「最近老覺一顆頭像要炸掉。」

「我幫母樣揉揉。」

「妳要結婚的對象，是公學校的同學？」

「不，是同學的哥哥。」

「兩人可知己？」

雪櫻害羞的點點頭。

七巧嘆了口氣，說道：

「如此就好。」

「我準備下個月將工作辭了，要準備出嫁的種種。母樣多保重，出嫁那天，希望您能出席。」

七巧似乎沒有會意過來，過了一會兒，才說：

「我想喝杯茶，叫春江姑仔替我泡。」

雪櫻答道：

「我去泡。」七巧忘了春江早已退休老邁。

才走兩步，回頭看看母親，忽又奔回來，抱住伊說：

「我嫁了，母樣要自己保重。」

「唉，放手，妳弄痛我了！」

七巧掙開雪櫻的擁抱，伸手去理自己的頭髮。後者看著已過三十五之齡的母親，想到伊的病、伊的情愛、伊的一生，不知不覺，忽然哽咽起來。她出嫁之後，這個家，有誰會了解生病之後的母親潛藏的寂寞的芳心？已老的寂寞芳心？

11

終戰第二年，林清波勉強自后里農業專修學校畢業。

由於改朝換代，台灣回到國民政府的統治，只會講日語和台語的清波，要去尋一個工作有著困難。清波個性迂緩，因之也不急於要去突破現狀，自然而然的，畢業後無業，清波遂也安於退守家中的日子。

其實，說清波是退守有些冤枉，他那種自得其樂的個性，其實一點也沒有退不退守的困擾。

清波喜歡看戲，改良劇也罷、電影也罷，來者不拒，什麼都看。戲劇看多了，劇裡的主題歌或插曲，他也都喜歡哼上兩句。

清波若生在太平盛世，或有學習的環境及指引的人，也許可以在藝術方面成材亦未可知。因為他沒事喜歡用木頭鑿些人像或動物，手法雖尚拙稚，但亦樸質可喜，尤其人物和動物的神情栩栩如生，特有丰采。

除了雕刻之外，清波也喜歡塗塗畫畫，他無師自通，不，是以萬物為師吧，畫什麼都有款有樣，特別是畫家禽家畜，尤其傳神。

但所有的這些，全被本然視為遊手好閒的敗家子行徑。本然沒事喜歡念叨清波：

「沒聽過種田也要讀什麼農業學校，不過既然讀了，學校畢業之後，你最少也表現一下讀書的成果給我看看，不要每天弄那些柴頭，一點也不幹正經事。」

清波對於老爸的嘮叨就有左耳進右耳出的本事。他亦未表現出什麼不耐煩的表情，倒反而和顏悅色的，十足有耐心的樣子。但是，畫依然照畫，刻亦儘管刻著，本然的嘮叨顯見根本未起什麼作用。

如此遊蕩三年，本然因著自己婚後亦未曾治生，事情看在清波眼裡，所以也不好太過催逼後者。而且，除了作生意之外，清波能夠做些什麼，本然實在也沒有任何想法，因此光念叨亦沒什麼作用。

這段時間裡，清波因為談得來的緣故，倒是跟一位刻印師傅學得一手金石刻印的本事。但一來他本人無心死守一爿店面替人刻印製圖章，二來他沒展現這本事給父親知道，所以本然事實亦不知曉清波還有這治生本領。

對清波而言，終日隨心遊蕩，自然好過死守著小店一步也離不開的可怕日子。何況自來家中就無人討賺，總是有著不少「祖公仔屎」在租人耕作、坐著收租就可以生活了吧？父親如此，他不也可以這般？

這日，他心血來潮，一早就跑到后里，到了黃昏才搭公路局準備回台中。

由於在田野間作畫老半天，這時候顯得有些累，睡意隨著車子的顛簸而逐漸濃厚起來。不知過了多久，車子猛一煞車，清波在睡夢中因頭上被某種物件撞擊了一下而驚醒！

他張開眼睛，本能的去撫摸頭上的痛處，忽聽得到有個女人的聲音抱愧的說道：

「失禮！車子忽然緊急煞車，撞到了你！真失禮！」

清波很自然抬頭看那說話的人。

只見那女子約莫十七、八歲，一張臉形似瓜子，兩隻大眼滴溜溜的，像要滴出水來般，如今正充滿歉意和羞赧之意的俯看著林清波，等待他的反應。

「不、不，沒關係！」清波急急回答，不知不覺間，竟然感到臉上一陣熱！真是！該臉紅的是她，不是他啊！

清波收回眼光，低下頭來。這時瞌睡早沒有了，但他不好意思遊目四顧，只得垂著眼皮。於是，他看到那雙站在他身側的小巧的雙足。

突然，車子又是一陣前突後倒，那女子這一次收束不住，整個人撲倒在清波的身上！

清波只覺一陣香味、一身軟玉，全都到了眼前！他直挺挺坐著，連動也不敢動，怕人誤會他乘亂占人便宜。

歪倒在他身上的少女，這一會更加不好意思了，除了勉力撐起仆倒在人家身上的身體之外，更羞赧且更無可奈何的再次說著「失禮」的歉語。

「沒關係，這車實在開得太猛了！」清波低聲像在安慰對方。停了一會兒，他忽然自座位上站了起來，說道；「這位子讓妳坐。」

「不，不好意思，不用了。」少女推辭著，十分受寵若驚。

「沒關係，我站得比較穩——真的不要客氣。」

清波說著，人已擠出走道，將位置空了出來。

一來因兩人擠在一塊，確實有著立足的困難；二來大約也站得很狼狽，那少女謙辭了一下，終於還是坐下去了。

清波居高臨下，終於可以偷偷俯視一下美麗佳人。少女燙著一頭及肩秀髮，前髮向後梳了一個波浪，露出光潔的額頭；鼻子小巧而娟秀，微微沁出幾點汗珠……

清波將眼光移開，不一會兒，又不知不覺回到她的臉上。活到十九歲，還沒見過如此嫵媚的女子；他姊姊雪櫻長得不錯，只是英氣太重了些，沒這女子的秀氣和柔媚……

胡思亂想一陣子，只見那女子起了身，準備下車。

清波也即時當機立斷，吶吶說道：

「我也在這裡下車。」

然後，他真的尾隨她下了公路局，在她背後遠遠的跟著她慢慢走著。

他其實不是什麼登徒子，對女子也從未有過追求行動。只是突然在車上邂逅如此一個美少女，而人家下車，他一急，唯恐就如此失去她的蹤影，未經考慮，即刻跟著下車，而且不由自主就跟著她背後直走。

這時候，他也覺得如此尾隨她不太好。然而，他既不敢趨前詢問她的名姓住址，又不甘就此白白放棄，只好繼續如此跟著。

少女似乎也知道他在後面尾隨，走了一小段路之後，她甚至回頭瞥了他一眼，然後繼續走她的路。

似乎她家到了。少女在一家雜貨店門口停住，然後再次回頭看他一眼，這才走進雜貨店，逕入店面之後的室內。

林清波站在斜對街，遙遙諦視著那爿招牌叫「豐年號」的雜貨店。店口坐著一位四十開外的婦人，正和另一位像顧客也像街坊的年紀稍大的婦人在聊天。

原來是這家的女兒。清波但覺一顆心無端放了下來。這可好！既是小雜貨店的女兒，一個小家碧玉，那麼事情就不會那麼棘手。

為什麼如此說呢？小雜貨店的女兒適人，也許不會要求門第或門風之類的事物，聘金若是夠多，加上有些資產，親事或者就容易說成。

清波站在半黑暗之中，胡思亂想又捨不得走開。唯一沒有把握的事，是這女子既如此漂亮，難道還沒有說成親事？說不定已說合成功，只等嫁娶而已——如此一來，他不是就沒有希望？

他一想到此處，頓時像被火焚般，按捺不住。可是，他不認識她，不知名姓，貿貿然又能做些什麼？

這弱冠少年，第一次被情慾的火燒痛，他覺得自己再也不能多等一刻鐘，再也不能什麼也不做，只是望著、猜測著，隔著如汪洋大海的這條街。

清波終於鼓勇跨過大馬路，直接走入店面之內。
「請問——」
店頭上正在聊天的兩個婦人同時住了口。較年輕的，那坐在凳上的開口問道：
「要買什麼？」
清波一時張口結舌，訥訥的呆望著店內那些堆積的、雜亂的貨物，答不上話。他原不是來買東西的，可是貿然闖進來之後，他才醒覺自己太冒失了！此時此地他能說些什麼？告訴那婦人，他看上了這門內的某個不知名姓的女子，他要知道她是否尚待字閨中？
「你要買什麼？」婦人站了起來，越過許多貨物，看著這倉皇無助的年輕人。
「我……你們，有沒有賣香菸？」
「要哪一種的？」
清波突然傻了！他沒抽菸，可不知有什麼牌子的。
「香蕉還是樂園？」
「……隨便……哪一種比較貴？」
「樂園。」婦人奇怪的看了他一眼，遞給他一個紅盒子。
清波付了帳，一腳高一腳低的走出店鋪，失魂落魄的往自己住家的方向慢慢行去。
往後的三、四天之中，清波飲食無味，只覺懨懨，什麼都非常沒趣。待在家中，既不畫，也沒刻，更聽不到他歌唱哼曲。

這一日，他依舊歪躺在眠床上，雙手枕在頭下，愣愣瞪著天花板。

傭婦月桃來喚他吃飯，清波眼珠子轉也不曾轉，冷冷答了聲：

「不吃，莫叫！」

那月桃雖已來林家做了三、四年，畢竟非親非故，摸不清這少年人的心意，因此也不敢造次，叫過即不再多事，自去忙了。

春江她們早已告老回去，這月桃是佃戶介紹來的，人有些顢頇，雖不伶俐，但因家中有個半痟半清楚的七巧，因此將就著用，不曾挑剔。

本然聽得喊吃飯，施施然坐到桌前。只見月桃盛了一碗飯放到他跟前，便逕自走開。

本然憋了一肚子悶氣，忍不住問道：

「清波呢？沒叫伊吃飯？」

月桃悶著聲音，懶懶答道：

「叫了，伊說不吃。」

「為何不吃？是否精神不爽？」

「伊沒說，只說不吃，莫叫伊。」

本然舉箸，想了一下，又放下。起身來到清波房裡。

但見兒子像入定老僧一般，兩眼定定望著天花板，眨也不眨，不知在想些什麼。

「你要做仙不成，為什麼不要吃飯？」

本然邊說邊進了清波房門，順勢坐到兒子床沿上去。

「身子不爽，還是怎的？」

「沒有，只是沒胃口，不想起身。」

「既非生病，自然是起身多少吃點。七少年八少年，哪有不吃飯的道理？」

清波不語，依舊躺著。本然亦不吵他，只坐在那裡等兒子自己講出下一步。

「阿爸，您自去吃吧，我若是餓了，自己會吃。」

「我一個人吃飯，有什麼道理？連個講話的對手亦無。」

清波不響，依舊躺著。

過了好一會兒，突然問道：

「阿爸，若是我此時娶妻，是否太早？」

原來如此！

本然心下一動，早已了然。表面上卻不動聲色，只問：

「二十歲，娶妻剛好。這結婚早晚，全看個人場合，哪有早晚可言？畢竟是各人緣分。」

清波聽了，亦是無言，心裡不知滾過多少事情，表面上卻不曾有一言半語。

「你是否心中已有對象？」本然問道，盡量裝得再平常不過：「若有，講出來，我才能替你作主。」

清波囁嚅半天，最後才說：

「講不上是有對象，對方並不認識我，但是……是有一女子，不知伊名姓，看著……合意……」

如此聽來，倒是兒子在單相思了。本然畢竟已是近六十歲的人了，人情世故哪有不知的？伊清清喉嚨，說道：

「不知名姓，如何問起？若是有個線索，我可找媒人婆去打探。」

「雖不知名姓，但知伊住何處。」清波因之將幾日前自己和那女子的邂逅情形約略而閃爍的說了個大概。「按理那是她所住之處才對。」

本然想了一下，說道：

「既是有住處，就叫媒人婆去探探看。一切等回報後再說。現在，事情就是如此決定了，你不吃飯也不會使事情進展快些，所以還是起身好好吃個飯吧，若是讓別人發現你在病相思，豈不被人家笑壞了？」

「我哪是……」清波原本尚待辯白一番，想想沒什麼必要，因之廢然放棄。下了床，穿上木屐，準備隨他父親去進餐。才剛剛站起身子，忽然又想起什麼，緊張兮兮的對他父親說道：

「阿母的病——」

本然若無其事的說道：

「自然是不必去提。若是問到，就說她身子虛……說是肺病亦無所謂，反正肺病這兩年有藥醫，雖然打一針要一只金戒指的錢，不是正好表示我們付得起？」

「就怕對方來打聽，厝邊頭尾會不會說出來？」

「若是我們條件應允得大方點，例如聘金數目，不妨多些，對方或許就不會多在其他方面挑剔或注意了。」

父子倆初步商議妥當，清波頓時有了吃飯的力氣，那餐飯，足足吃了兩大碗。

本然委派去打探消息的媒人婆，不出五天便喜孜孜的來回報消息。

「恭喜啊！你們看中的美人沒嫁，也還沒說合成功，還好我們去得早，另外也有不少家在說親事呢，畢竟是一家有女百家求啊。美麗的女人像鮮花，蜂蝶總是成群結隊的呀。」

原來那家人姓謝，女子是上有三個哥哥，排行第四的長女，下面還有兩個妹妹。

「你們家少年的有眼光，那謝家小姐我也見過，真是水噹噹啊！我對他們提起你們這少年的在車上一見傾心，那小姐似乎印象深刻，只微微的笑，一句話也不說，看起來八成對你們這少年家有好印象。」

本然一向知道媒人婆一張嘴胡纍纍，什麼天花亂墜的話都說得出口。因之他不像清波一般一顆心浮得輕飄飄的，他不失冷靜的問道：

「尚未談嫁娶最好，只不知這小姐素行可好？可有自己的意中人？」

「當然是不會亂來的人，我可以打包票呀，不然我這媒人如何站得住腳？我可也做了

一、二十年，撮合過許多對好姻緣咧。」

「自然是不敢懷疑媒人婆的信用，只是怕妳一時失察，沒查清楚，光看表面不行的呀，還得拜託妳幫我們查個清楚。此外，要嫁要娶，總有些條件，只要不離譜，我們都可以接受，這方面還得偏勞妳打探打探，媒人禮我們是絕對不會失禮的。」

「這是當然，您放心，我自會作到清清楚楚，不適合的，不適配的，絕不會昧良心亂亂說合。」

媒人婆回了第一次消息之後，本然放了空氣出去，準備賣掉彰化和北屯兩塊地。

「聽媒人婆這口氣，聘金必不在少。反正我只有你一個囝仔，這點我吃得下來。我們理虧在有個半瘠的病人，權且就在聘金上吃點虧吧。」

「但也要不了賣兩塊地呀。」清波質疑父親的決定。

「婚後不比從前，要讓新婦管家，開門都是錢呀，不要叫人看不起我們林家。」

本然這一說，清波亦無再多意見。清波截至目前為止，從未管過家庭用度，亦未討賺做任何營生，所以天地到底多少斤重，他一點概念也沒有，自然也不可能有什麼了不得的意見。只是想到討一房妻室得賣兩塊田地，叫人有些不能接受罷了。

本然亦不曾猜錯。

媒人婆來回穿梭幾回合，對方咬定要聘金八千。

本然直覺謝家是獅子大開口，明知清波看上謝家名喚素幸的女兒，趁機抬高身價。

「幹！一幢房子，最多也就是八千一萬的，他嫁個女兒要八千聘金，真是騙痟的。」

媒人婆陪著笑臉：

「人家好不容易將女兒養大，要捧你們獨子的飯碗，公媽全得一肩挑，擔子很重哩。而且，聽說尊夫人有病——」

本然不動聲色，冷冷說道：

「病人自有僕婦照顧，用不了新娘子去招呼。」

「是啊，話雖這麼說，畢竟家裡有人生病，總是負擔。」

「要相互嫌棄就不用做親家。」本然斷然作了決定：「這樣罷了，聘金我也不少他，事情就如此定了。」

冬尾，清波如願娶了謝素幸，結結實實熱鬧了一番，作足面子。而謝家實收下林家八千元聘金，真也歡天喜地。

訂婚與結婚時，七巧都被本然對外宣稱重病而沒有出面，謝家還以為七巧是病重，所以林家才急急要將婚事快快辦了呢。

由於是自己意愛，因此新婚的清波和素幸，兩人甜甜蜜蜜的，不時自新房裡傳出笑鬧的聲音。

清波不必營生，素幸無須料理家務，因此兩人肩上無重擔，日日是好日的過了二十多天。那期間，素幸兩度問到未曾謀面的婆婆七巧，清波不能直說，也不好說謊，含含糊糊回道：

「伊有病，人也不甚清楚，見了直等於沒見，如今剛新婚，過些日子有機會再替妳引見吧。」

不等清波引見，正月初九天公誕那日，林家早早拜了天公，正在燒金箔，月桃、清波、素幸全站在院子裡，圍著火光在摺金箔。

「火燒得如此旺，今日又在拜什麼神祇？」七巧不知何時現身，一張因長期禁足在室內的慘白的臉，兩隻大得嚇人的眼睛，嵌在上面直勾勾的，散發出嚇人的光芒。

「母様——」清波一時也沒料到七巧蟄伏慣了的人，會突然出現。

「這是誰人？」七巧眼光掃到素幸，忽然淩厲起來，聲音亦拔得尖尖的。

「是我妻室，才剛新婚。」清波亦發現七巧的異樣，趕緊解釋：「母様，伊不是外人。」

那素幸見得夫婿喊七巧，趕緊地低低而客氣的跟著喊了聲：

「母様！」

七巧臉一拉，毫不領情，劈頭就說：

「誰是妳的母様？亂亂叫。」

清波一旁忙打圓場：

「我和素幸結婚時，母様身體不好，所以沒有出席……素幸既是我妻室，自然也跟我一樣叫母樣，並非是她亂亂叫。母樣，素幸是您的媳婦呀。」

七巧把嘴一撇，橫了素幸一眼，一言不發便轉身進入自己的房裡。

那月桃不知輕重，誇張的搖了搖頭。

素幸原本就一肚子委屈，又見月桃如此，一泡眼淚含在眼眶中，滾呀滾的，就差沒有掉落。

清波見狀，又是疼惜又是無奈，一把抓住她的手，另一手將她手上的紙箔遞給月桃，忙忙帶著她進了新房。

堪堪踏進房門，素幸便迸出哭聲：

「你母親不喜歡我，你看伊待我那樣，不把我當自家人！」

清波將她摟近，此時亦顧不得母親的面子，開口便說：

「這是沒要緊的事，家中也無人把伊當作正常人。」

素幸抬起帶淚的粉臉，吃驚的看著丈夫。

清波無奈，想著素幸既已入了這家門，往後看到七巧是早晚經常會遇上的，瞞也沒用，不如清清楚楚與她說明白了，她就不會傷心。

雖然他完全不明白：一向與人無涉的母親，為什麼獨獨會對素幸如此不友善呢？伊是想到什麼？還是精神不正常的人，本來就難以逆料？

「母樣伊，其實精神一直不太正常，我們這些年全將伊視為囡仔，不太理會伊。伊平日亦深居淺出，很少答理別人。所以，今後妳避著伊就是，不用理會伊即可。」

「可是，同在一家門，如何能不管伊？」

「妳就避著伊就是，遠遠看到伊，妳就躲開……伊反正就活在自己的世界之中，我們亦管不了伊，而妳也不必覺得委屈，伊反正、反正就是不必管的人。」

素幸如此就被丈夫哄得破涕為笑，畢竟，連丈夫對之都不如何在意的婆婆，她這個新婚婦又何必為伊的態度而難過？

夫婿疼惜，日子無憂無慮，更無須像一般結了婚的女人，每日困於柴米油鹽醬醋；也不必在意公婆的伺候問題，說起來，這婚姻是叫人無可挑剔的。何必管那據說是有點瘋的婆婆呢。

一旦如此開脫自己，素幸便又十分快活了。

現在，林本然希望將家計慢慢移轉給清波夫婦。如今，他也六十歲了，早年餐風宿露的日子，多少斲喪了他的身子骨，才六十歲的本然，清瘦依然，而且似乎有些佝僂了。

本然將過去他丈人翁千田死時，七巧拿給他的田產地契交給清波，不忘囑咐兒子：

「看看有什麼生意可作，不要老是閒在家裡，你是少年起頭呀，不像我老邁了。」

清波照例如此回答：

「知道了，也要看清楚再作呀。作生意又不是說作就作的，總要妥當才行。」

「過去賣了三塊地，實在是因你老母害了那痟病，我無法全力去作生意，以致必須如此。你如今少年起頭，務必要靠自己打拚，這些祖公仔屎是打底用的，主要還是得靠自己，否則坐吃山空，再多財產也沒用。」

「知道了，阿爸。」

素幸雖不必親自操持家務，但本然希望她能「看頭看尾」，凡事心中有個譜，才不會被下人騙得團團轉，在本然以為，現在所僱的傭人，早已不同於從前，非親非故，所以自己非得有點譜不行。

因為要素幸真正擔起主婦的責任，因此本然將賣地、嫁娶所剩的金錢，只留下一小部分在身邊，其餘全部轉交給清波和素幸，要他們同心協力「起家」，再將林家振興起來。當然，「最要緊是多生幾個後生，多子才會興旺。」

那素幸畢竟年紀輕，一時又見那麼多錢在手上，不知天高地厚。她和月桃一起上過幾回菜場，好魚上肉買得順手，一點也不像會打算的人。

那本然看在眼裡，雖不以為然，總想著素幸還年輕，過些日子說不定就會計較了，因此也忍著不曾說話。

這日，月桃蹲在後院打著泵浦在洗衣，素幸打橫坐在天井口，有一搭沒一搭和月桃在商量換季收冬衣、打薄被的事。

月桃老氣橫秋說道：

「人家說，沒吃五月粽，破襖仔不甘放，妳別看現在熱成這樣，還會起風哪，過兩日就變天。」

「變天也有限，冷不到哪裡。」

「衣服留些厚的，免得臨時又不好拿。倒是薄被可以先打，三、四斤一件剛剛好。」

「我也這樣想。還有床單也得剪布叫人車縫，不知一件要幾尺布？」

「妳到布行一問便知，五尺四尺的被，布店一聽便知多少。要不，」月桃低聲，且向裡努努嘴：「老的一定知道，聽說他以前賣布哪。」

「真的？沒聽清波說過。」素幸訝然且好奇起來。

「只怕少年的也不清楚，是他未出生以前的事囉，我也只是聽說，據街坊上講，其實也不是啦，是春江姨婆說的，這一家，財產地契全是查某老仔的，男的是被招贅進來的……」

「怎麼會是如此？」素幸不以為然：「清波姓林。」

「妳忘了有個大姑子？抽豬母稅，雪櫻姓翁，那是妳婆婆的姓。」

「原來如此。」素幸又問：「那查某老的，究竟是怎麼變如此的？」

「誰知道？痟病就是如此，沒人知曉，妳婚前完全不知？」

「是不曾知道，否則只怕我父母也不會答應這門親事。」

「這婚事有什麼不好？吃飯缸中央，茶來伸手，飯來張口，什麼都不用操心，尪婿對妳又好。」

「現在是不錯，才剛結婚嘛，只不知他以後會如何？」

「妳呀，只要把錢抓住，不怕他不聽妳的，不說沒錢沒路走？就這個道理。」

「我想清波也不至於要如此，他是個古意人。」

「男人很難講，不過清波自小忠厚，應該是不會才——」月桃話沒講完，只見伊瞠目結舌，滿臉驚恐，直看著素幸坐著的後頭。

「是怎麼啦？」素幸十分疑惑，順著月桃的目光，扭回頭去看。

這一看非同小可！

就在一步後面，肅殺著蒼白的臉龐，眼露忿恨光芒，一手執著一把竹枝掃帚的七巧，正惡狠狠的瞪視著素幸！

素幸猛抽一口冷氣，一方面緩緩站了起來，一方面怯怯的開口喚道：

「母樣——」

七巧淒厲的眼神令人毛骨悚然，連月桃也愣在原地。

「母樣，是否要坐？」

「誰是妳母樣？妳這妖孽！」

七巧咬牙罵道。說時遲那時快，手起掃帚落下，一下、兩下、三下，急雨般打在素幸的頭上、臉上、肩上、身上！而且越打越急、越打越用力！

素幸冷不防七巧會動手打人，頭兩下被打在臉上，竹枝尖刺，她一張臉粉嫩粉嫩的，吃那竹枝刮鞭，十分刺痛！

再來的幾下，素幸用手去擋，她那未做過粗細工作的手臂，猛挨幾下，頓時有了紅痕！合該那日天氣熱，素幸愛美，換了趕時髦去做的短袖旗袍，兩條粉臂裸露在外，正好吃了好幾下狠狠的鞭打！

「妳為什麼打人？妳……哎喲！清……波……清波……」

七巧瘦是瘦，但起痟者的「痟力」卻是驚人而擋不住的！那素幸被堵在天井口，既無法突圍外跑，只得往天井裡退。

到了這時，嚇傻的月桃如夢初醒，趕緊起身要去救人。

才剛欺近身，不想也挨了幾下打，痛得齜牙咧嘴。好不容易抓住那把竹掃帚，七巧施展不開來，遂放手不要，轉而用手去抓月桃的臉！

月桃受不住，邊往後退，邊望裡屋裡叫：

「來人啦！來人！頭家娘打人啦！來人哪！打人啦！」

那日清波正好出門不在，只有本然在前廳抽菸。一聽後面紛擾，又聽叫打人，急忙三步迸作兩步，衝到天井口！

混亂中，但見素幸抱著頭驚悸躲閃，月桃躲著竹帚東竄西竄，而七巧則披頭散髮，直似入了無人之境般揮動武器、橫掃一切！

「七巧！幹什麼？」本然暴喝一聲！

七巧直似未曾聽聞，繼續追逐素幸，嘴上還大罵：

「妖孽！妳還要害誰？」

本然見七巧口說不聽，只得冒著被打的險，欺到七巧身前，伸手要去拿下她的竹帚！誰知一個女人家，力道如此驚人！俗話說：「痟力！痟力！」發狂之人，力道無窮，指的就是這種狀況。本然拉著竹帚，卻是硬扯不下，還橫遭兩下重擊！

本然無奈，只得邊閃邊轉到另一側去，想要扯住七巧的左臂。

「妳瘋了！那是新媳婦呀！」

七巧聽而未聞，反而因有人拉架而產生反彈，力量越使越大！

就在這拉扯間，本然未曾注意到天井陰溼處，只顧著阻止七巧，不防腳下一滑，前後搖晃了一下，最終卻往後一栽，而且是整個人橫亙躺平的摔在地上。

這一跤摔得吃力，本然悶哼一聲，根本無法起身。素幸在驚悸躲閃之中，不敢近前察看，還是月桃急了，對著七巧怒聲威嚇：

「頭家娘，妳看！要出人命了！頭家被妳推倒在地，爬不起身，妳還不快走，去鎖在房裡，免得人家來抓妳……快啊！快！」

精神不正常的人，有時可以像嚇唬小孩子一樣的奏效。七巧一見本然躺在天井哼哼唧唧，不曾起身，又經月桃一嚷嚷，心裡真的就慌了大半，卻是走也不是，不走也不是。

月桃又是一副不得了的表情，催道：

「我要去叫人了！若頭家有個三長兩短，妳可怎麼辦？妳若是快走，我就告訴人家，說他是自己跌倒的，否則——」

七巧一聽，不等月桃說完話，摔了竹掃帚，翻身便走。

月桃趕緊靠近本然，一邊招呼素幸：

「少年頭家娘，快來幫忙，頭家不知摔成怎樣了？」

素幸顧不得方才被打的羞辱，趕忙趨近本然摔倒之處，說道：

「阿爸，我們扶您起來，可覺得哪裡不對？」

本然臉上表情十分痛苦，半天才期期艾艾的回答：

「痛……全身都痛……」

月桃看著素幸，當機立斷：

「少頭家不在，我們先將頭家搬到他床上，再去請醫生。來，我搬頭這邊，你搬腳那邊，千萬別鬆手，不然頭家可得又摔一次。」

兩個女人合力將一直呻吟著的林本然自地上抬了起來。幸而本然生來瘦小，兩個女人的力氣差可應付，勉勉強強將他自天井抬過長廊，搬到左前方他的房間裡去安置。

好幾年前，本然與七巧就分住兩房了。

「我去請醫生，還是妳去？」月桃問道。

素幸一想到要和七巧同處一屋，不覺驚怖，趕緊說：

「我去好了。可是——要請什麼醫生呢？哪裡去請？」

月桃一聽，知其心意，便說：

「我去才是，妳留在這裡看著頭家。頭家娘那裡，諒她也不敢再出來，一個人為她躺在這裡咧，她多大的膽子！」

素幸無奈，只得坐在本然床畔，數著分分秒秒等待月桃回來。

本然闔著雙眼，緊皺眉頭，不時嗯哼出聲。

年輕的素幸，既怕七巧精神錯亂再竄出來，又擔心本然萬一如何，她可擔待不了。一個人守在屋裡，緊張得不知如何是好。

終於盼到月桃請到醫生來了。五十開外的醫生，亦不敢翻動本然，只說：

「頭殼摔撞得嚴不嚴重，必須觀察幾天才知道。至於筋骨嘛，最好能送到大醫院去照電光，比較保險。」

儘管聽來束手無策，醫生仍然為本然打了一針。

剩下的，就只有等清波回來再定奪了。

在眾人翹盼下，清波到了晚飯時間才回到家裡。他一進門，照例直接進自己房間看新婚數月的妻子。

沒想到迎接他的，不是例行春花一般燦爛的笑容，也不是軟玉溫香的旖旎。只見素幸一人縮在床上，眼眶紅紅的，甚是哀怨。

清波大驚，不知出了什麼大事，急忙趨近，摟住妻子香肩問道：

「什麼人惹妳不歡喜？」

素幸一見清波回來，眼淚便已蓄積要落；又聽他動問，這下子淚水再也收束不住，劈哩啪啦直往下流。

「我差點……被人打死……阿爸來勸架，卻被推倒在天井……現此時亦不知會怎樣，起不了身……」

「怎會如此？」清波急急追問：「是誰如此歹毒？」

素幸這一聽問，哭得更加不可收拾：

「會是何人？是你母樣——」

清波一聽是自己母親，心中頓時放下一塊大石，畢竟，加害妻子和父親的是自己母親，無干他人，下手必是不可能太重；而且既是家務事，自然比較單純。但他在表面上可不敢有如釋重負的輕鬆表現，以免妻子忿怒抱怨。他佯怒但卻也真正十分不解的問道：

「母樣一向不曾打人，何以此次會如此？來，快給我看看，打傷了沒？」

素幸抽抽噎噎將下午發生的事說給丈夫聽，有人撐腰被疼惜的那樣感覺使她開始撒賴要求：

「我長到這麼大，從未被人打過，憑什麼伊可以打我？你要替我作主，我不管！」

「她起痟，如何能有辦法？起痟之人是無理可講的。」

「如此說來，我就這麼衰，活該挨打？而且，她既是瘋了，我們同處一家，日後如何避得了她？天天都見面，難道天天都挨她打不成？我不管，你要替我作主，不然——我就回我娘家去！」

「好、好，我會替妳想辦法，妳的事就是我的事，妳相信我好不好？現在，我們得趕快去看看阿爸，他不知怎麼了？那麼大年紀，如何禁得起摔？母樣的事，我們回頭再商量，放心，我怎捨得妳被打？」

如此半哄半騙，總算將素幸從己身的悲忿暫時拉開，夫婦兩人一起來到本然房間。一經確定本然動彈不得，連起身都不可能，清波即刻決定要將父親送醫。

不想本然奮力搖手，一張臉掙得通紅，斷斷續續說道：

「我——不去——，我不去——醫院——」

「阿爸，您有些年紀，又摔了大跤，現在連起身都難，怎能不去給醫生看看？您放心，只是看看，好了我們就回來。」

本然更加著急，因為講話不夠順暢，惹得他益發心急憤怒：

「我說不去——就不去！我自己知道，只摔到筋骨，躺……躺躺就好……」

「既是只摔到筋骨，更該照個電光好求放心。」

「我不去！我——不去！」本然憤怒的脹紅著臉：「除非我死了，否則我——不去醫院！你——聽好了，聽——好！」

本然如此生氣表白，弄得清波十分為難：

「阿爸，去醫院更快好，我也比較放心，不然若有什麼差錯，叫我如何是好？」
本然將眼一閉，沒得商量的說道：
「我沒怎樣，我自己——知道。」
清波無奈，只得說道：
「既然如此，且觀察兩日，我暫時搬來和阿爸同住好了。」
一聽此言，本然又睜開眼睛，說道：
「不要。你睡前來一次，清晨來一次就好。」
本然執拗，清波亦只能遵照他的意思，暫時讓他將養在家，看未來的情形再定奪了。
倒是七巧打人的事比較棘手，清波想了半天，最後決定當他出外不在時，由外面將七巧房門鎖上，這才安了素幸的心。
鎖住母親，清波雖有點於心不忍，但被打的是嬌滴滴的妻子，自然也只有出此下策了。
唯一不懂的是，七巧從不曾動手打人，為什麼看到素幸會如此激動與仇視？看來精神不正常的人，倒也真是令人費解。

12

本然那一跤摔得不輕，足足躺了十來天才慢慢可以起身，雖是沒傷到要緊的部位，畢竟因有些年歲，恢復甚慢，一直到個把月之後，走路才逐漸恢復正常。

隆冬時，素幸產下林家的長孫，取名英吉。

由於家裡有病人、產婦和幼兒，月桃一個人照應不來，因之又請了個十三歲的小女傭阿粉來幫忙。

阿粉只讀了兩年小學，粗枝大葉的一個女孩子，來到林家，月桃將她訓練成灶下的左右手；英吉還在襁褓之中，不敢讓阿粉照顧，因此阿粉只供差遣和做些不需手藝的粗重工作。

那一年，清波以年關將近，手邊無現錢為由，準備再賣掉一塊地，前來稟告本然。

本然自摔過那一跤之後，人顯著蒼老，平日裡亦不太愛言語。聽了兒子要賣地的主張，他沉默良久，最後嘆了一口氣，說道：

「反正現在管家的是你們少年的，我也沒特別的意見。仍是那一句老話，坐吃山也會崩，你們不事生產，日子又要過得好，地一塊一塊的賣，速度越來越快，到底還能維持多久？」

「我也不過才賣第一塊地。」清波很不服氣，的確，以前開始作興賣地，不是始自本然？說起來不干他清波的事……

「那的確是。」本然清清喉嚨，聲音裡不免有些火氣：「上兩塊地是我作主賣的，不過除了為你娶妻之外，剩下的錢全歸你們二人掌管。你自己倒說說看，事隔才多久，一年左右吧，那些錢全光了！穿好、吃好也罷了，這話咱們父子這裡說，你妻室會不會藏了些私房，拿回她娘家去？」

「沒有的事！」清波斷然否認：「日日生活，原本就需這許多錢。」

既如此表白，本然亦不好說什麼，只能訓誡自己的兒子：

「人生嘛，要有進有出。現在你們猶是少年起頭，人生迢迢長，要打算呀，不然還是那句話：山吃亦會崩，坐吃山空呀。別以為你阿公留下的土地多，賣不完。」

「阿爸，開天闢地，我也只不過賣這第一塊地。」

那塊地很快賣成，有了現錢，清波夫婦又可優哉游哉的過愜意的日子了。

原來只有清波不在時才將七巧房門自外鎖上，不讓七巧隨意走動；但自生了英吉，不，不是自懷了英吉，素幸自以為有功於林家，且以會驚擾孩子為由，攛掇清波長期禁錮七巧，不讓伊步出房門。不管七巧如何哭號、喊叫，越是哭號喊叫，越證明七巧的瘋狂程度，清波在妻與子安全的優先考量下，硬著心腸硬是鎖住了母親。

英吉快兩歲時，素幸又有了身孕。

這件事令本然快樂了老半天。林家第三代畢竟不會單傳了，素幸雖是奢侈成性、不肯勤儉持家，最少有個好處，看起來像是很能生的樣子，所謂駑駑馬也有一步踢，不是全無長處的。

本然的快樂沒能維持多久，不知怎的，他忽然覺得胃部老是悶悶的，吃不下東西，又不耐久坐，但又不是痛。人因胃口小而清減了些，不過看來不太嚴重。

清波曾有一次強制性的帶他去給醫生看，醫生問診沒多少分鐘，開了些尋常胃藥給本然。本然先還吃過兩包藥，不曾見效，乾脆就放棄不吃，隨它去了。

這日，素幸嫌嘴淡，一意要吃個包滷肉的綠豆椪，攛掇清波去買。

清波先還嫌麻煩：

「妳道台中哪裡有得買？得搭車到豐原去買，一趟來回，去掉大半天！妳這一胎可麻煩，變得如此嘴刁。」

「你嫌路遠，我自己去，橫豎是坐車，又無須用走的。」素幸賭氣作態準備出門。

「算啦，算啦，我去！買一大盒回來，隨妳怎麼吃。」

清波出門去了。素幸嫌房裡太熱，要阿粉搬了椅子到前院去納涼。

也不過是上午九點剛過，日頭就赤炎炎的。前院裡有棵老榕樹，枝繁葉茂，素幸就坐在樹下，坐久，懨懨然又薰薰然，便有了睡意。

就在將睡未睡之際，忽覺跟前有人。

素幸正想抬頭罵來者像個挨壁鬼，悄無聲息來嚇人。一仰首，只見一張白得像鬼，也悽厲如鬼的臉，怒氣沖天的俯視著她！

素幸這一驚嚇，真是嚇破了膽！

那俯視著她的，似鬼似人，形貌猙獰！

幾年未曾照面，七巧瘦得更不似人形！而且在乍然見到時，純粹只因伊形貌嚇人而驚破膽，其實根本未曾認出伊是何人。

「妳——」素幸張開嘴，連那「妳」字都叫不出聲，整個人更黏在躺椅上，動彈走避不得。

七巧咬牙切齒恨道：

「妖孽！這幾年容妳在此害人，無人可以治得了妳！妳以為將我鎖住就沒事了嗎？沒想到我也有出來的一天吧？看妳今日往那裡逃？飛雄！替我打她！」

七巧說著，手上執著的那管洞簫，即時掄下，當頭便是一棒！

素幸吃那一棒打在頭頂，痛得暈了一下！

但也就是那一棒，打出了她的聲音！她狂喊著，使出了所有的力氣：

「阿粉——阿粉！月桃——快來啊，打死人了！阿粉——」

邊喊，她也邊摸索著要站起來，可是因事出突然，嚇傻了，身上又有身孕，怕動著了胎兒，所以摸索半天，遲遲艾艾，就是不曾起身。

這期間，她的頭臉又挨了三、四棍！當年飛雄取的竹子頭又粗又硬，使力打在人身上，不，是打在頭臉上，的確非同小可，素幸只覺被打處麻辣過去之後，處處刺痛，而且似乎有著什麼在往下流。

她不敢起身的原因，是因七巧堵在出口，如果她要搏命逃出，必會和攻擊者正面交鋒，不管輸贏，她的肚腹都會遭遇七級地震般的危機。

「阿粉——月桃——妳們全死啦！來人呀，月桃——月桃——阿粉——」

那聲色俱厲的嘶喊終於喊來了家中所有的人：月桃當先，後面大約是阿粉和本然。混亂中只聽有人說：

「怎的讓伊跑出來？」

那月桃自後抱住七巧，阿粉來奪那根洞簫，本然忙著動問：

「可有傷到胎兒？可有傷到胎兒？」

素幸無暇，不，是無意回答公公的問答，她被瘋子悶頭亂打，公公居然只問她腹中胎兒，最少也問一聲大人受傷了沒？假的也好！

「快將頭家娘送回伊屋裡，門要徹底鎖好。」本然吩咐月桃和阿粉。

月桃忙說：

「送完早餐，記得清清楚楚門是鎖上的。不知伊如何出來？」

七巧雙目睜得像是眶眥都要出血般，拚命想要掙脫阿粉和月桃的束縛，嘴裡淒厲而含糊的求著：

「本然，那支洞簫還我……不可以弄壞……還我……求求你——」
本然答道：
「既是那麼寶貴的東西，拿來死命打人，不怕打斷？」
「本然，叫她們還我！」
「將伊送回房裡，好好鎖上門，洞簫一起還她。」
月桃和阿粉兩人拖著七巧往伊房裡去了，後者嘴裡依然不甘不願的罵著：
「那妖孽！你們還護著她！大家全會被害死！本然，你聽我說——」
本然等三個女人去遠了，才無可奈何的搖搖頭，對素幸說道：
「真不懂，伊為什麼見到妳就眼紅？先前亦不認識……」
素幸根本不想回答問題。噙著淚水，既委屈又憤怒的審視自己的傷口。
本然看她一臉狼狽，問道：
「臉上痛不痛？回頭叫月桃給妳上藥。妳先回房去休息吧。清波這廝，究竟去了哪裡？一早就不見人影。」
「原是我想吃滷肉綠豆椪，吩咐他去買。」素幸答著話，心裡也有悔不當初的感覺。
本然嘆了口氣，無可奈何又帶幾分慶幸：
「既如此沒話說，所幸未傷及胎兒。」
素幸聽得公公三句兩句只顧未出世的胎兒，好像她挨打不重要似的。心裡實在也十分不是滋味，一扭身，忍著痛自回房裡。

到了那天夜裡，情況有了變化，素幸肚子疼得直叫，下體大量流血，清波嚇得沒了主意，嚷著要去請醫生來看。

本然顧不得自己病體，搖頭嘆氣：

「唉，畢竟動了胎氣。」

月桃見清波沒了主意，便說：

「少年頭家，你快去請醫生吧，記得要請產科醫生，告訴他是小產。請醫生快來，須要止血。」

得了這指點，清波這才匆匆忙忙出門去了，不然他慌成那個樣子，哪能辦事？

素幸的這一胎，終究沒能保住，而身子元氣大傷，著著實實調養了一個多月才恢復過來。

而闖了禍的七巧，自此被看管更緊。月桃負責伊的三餐飲食及洗浴沐櫛等事項，清波因之責成月桃必須更加謹慎的鎖好房門，防伊竄出。

儘管如此，素幸仍不放心，一再和清波計較要將七巧遷至別處關起來另住。

「我再也不能忍耐第三次的挨打了。被痟仔打會衰，你難道不知？俗話說，被痟人打衰三年，現在連好好一個男胎也被打掉了，你還不設法？」

「我保證不會再有第三次了，我已經叫月桃看好伊，無論如何也出不來。」

「在這之前，不也叫月桃看守著？一百次，不，一千次只要有一次叫伊逃出，我就吃不消了。我哪能兩三年就讓伊打一次？最保險就是把伊關到別處。」

「厝邊頭尾會講話的，不孝的罪名一冠上，實在難聽。」

「現在還管這些？是你孝順的名聲重要，還是我的安全重要？」

清波露出為難的顏色，低聲說：

「再怎樣說，我們現在吃的、用的、穿的、住的，一切全拜伊之賜。手上這些地契，也全是伊給的。如何能將伊就此丟開？」

這席話，終於暫時將素幸的嘴堵住。

約莫四個多月，素幸又有了身孕。

本然卻因人消瘦太厲害，胃淺胃悶，最後躺、坐、站都有困難，只能蹲一會兒，卻又因體力不支而被扶回床上，如此弄得全家不寧。

清波最後顧不了本然反對，硬將父親送去醫院，幾經檢查，發現本然的胃癌已擴散到肝肺去了，只剩很短的時日而已。

「這個病，到最後會大量咯血，必須用臉盆去接才行。而且，大部分人都會很痛苦，越到後來越是如此。」

清波聽著醫生的言語，好半天才茫然的問道：

「依您看，大約還有多少時間？」

「很難說，不過大概應該會有半年左右的時間吧。」

清波將本然接回家中。本然原就瘦小，現在簡直像個未成年的孩子那樣的小體型了。

本然沒能活到像醫生所估計的半年之久，從醫院回來之後，不到兩個月，就過去了。然而，他也沒有遭受像醫生所預估的那些痛苦，以癌症患者而言，他算是非常幸運了。

本然發病後一直十分寡言，倒是臨終前一日，他昏睡醒來，對床前的清波說：

「我看到你外公來了，說是接我去相聚。」

清波心知肚明，湊趣的問道：

「外公身體可還康健？」

「伊叫我去喝酒咧……伊就是愛喝兩杯。」

次日，天濛濛亮，本然就過去了。

預感父親就要過去而終夜守在榻前的清波，看著本然吐了兩口大氣，無甚大苦的過去，他謹記從前一個佃戶所教，不敢哭號或呼叫，只努力而虔誠的念著「阿彌陀佛」為父親送終。

接下來的日子十分混亂。二十多年來，林家第一次辦喪事，大大小小拉拉雜雜，全部委由月桃和叫阿木叔的佃戶發落。畢竟，翁千田逝世時，清波猶在襁褓，而七巧人好好的尚未發病；誰知今日竟無一個人作主。

自婚後一直少與娘家聯絡的雪櫻，這次亦被通知返家奔喪，因為七旬之中有一女兒旬，清波一意要為父親隆重而熱鬧的辦一次風光的告別儀式，而且他對雪櫻非本然親生一事全無所悉，自然而然就必須通知雪櫻了。

雪櫻的個性，不像一般女性會呼天搶地。自幼與本然生分，及長又獲知自己身世，雪櫻對本然因之有怨。自己結婚生了三個小孩之後，對非生身父親的本然，雖已怨懟減少，但是仍缺濃厚親情。本然一死，她雖有些意外，畢竟缺乏哀傷，所以回娘家一入門，雖是氣氛肅穆，她也不曾哭號。

給本然上過香，和清波說了一會話，正巧大腹便便的素幸自房裡來到靈堂，大姑子和弟婦除了新婚那天之外，這是第二次見面。雪櫻說，帶點體恤和示好：

「大肚子又碰到這種事，真是累啊。」

素幸笑笑，口無遮攔便說：

「棺材裝善不裝惡，死錯了人，該死的不死，不該死的卻走了。」

雪櫻臉色微變，問道：

「妳說的是誰？」

「還有誰？那查某老的。整天打人罵人，這個家被伊鬧得人人害怕，伊偏命長。」

「母樣哪會打人罵人？」

「如何不會？我自入門，被伊打了兩次，上一胎亦是被伊打掉，是個男胎呢。」

雪櫻聽說素幸被七巧打掉了胎兒，這總不是紅口白舌可以隨便誣賴的事，因此一時無言，想不到母親何時竟變了性情。

「伊不止打人，一天有時不停的咒罵，也不知罵的是誰。我初次進門，與伊素昧平生，但見了我的面，便自性起要動手，我亦不明所以。如今，家中眼看要兩個幼兒了，不能容伊起痟拿棍持棒要打人，怕會嚇壞囝仔，只得將伊鎖住，沒辦法，總不能特別為伊請個壯漢來看顧。」

雪櫻只覺素幸的言語，句句刺耳。但她一向安分，嫁出去的女兒潑出去的水，誰還容她回來管娘家的閒事？因之，她保持沉默，未有言語。

素幸說得性起，未曾觀察雪櫻反應，接著又說：

「實在是有夠衰，當年說親事時，媒人也不曾說家中有個起痟的婆婆，嫁進門才知道，真是衰啊。」

雪櫻吞忍下素幸這段話，卻吞不下伊的態度，想了一下，才緩緩的說道：

「要說妳嫁到林家，錦衣玉食，凡事不沾手，傭人一用兩個，有多少人有妳好命？而這好命，不是別人給的，卻是妳口口聲聲罵伊起痟的人——也是妳婆婆、我母樣給的。說起來，這是衰呢？還是好命？當然，可能也只能說，是妳命好，嫁得如此婆家。既然是命，那終有什麼壞處，也只好一併全收啦，還有什麼好抱怨的？」

素幸被雪櫻不疾不徐搶白一番，待要回嘴，亦無話可說，因此悶悶不樂。

雪櫻不是那樣窮寇必追的人，話鋒一轉，問道：

「這些年，母親一直是被鎖著的？」

素幸此時語氣已不像方才的理直氣壯，聽得雪櫻如此動問，伊不免帶點自辯的解釋：

「也不是鎖伊，是將其房門鎖住，防伊出來傷人。」

雪櫻沉默聽著，半晌落下淚來，說道：

「沒想到母樣落到今天這個光景。從前，妳知伊是如何白淨美貌的一個人嗎？不僅如此，伊頭腦還是一等一的，若不是肺病，伊也第三高女畢業了。從來沒聽伊粗口，不，僅只是粗聲也不曾罵過人……如今怎會……聽來竟不似同一個人！」

「是真的如此。或許我進門沖了什麼，就是惹伊的嫌。」

雪櫻亦不曾多坐，轉往七巧房裡去，月桃幫她開鎖時，雪櫻兩行淚又落了下來。月桃嘆了口氣，無奈的說道：

「頭家娘不打別人，就只打少頭家娘一人而已，也不知兩人哪一世結的冤仇，上回將少頭家娘打到流產，不鎖伊不行。」

雪櫻進了房門，室內昏暗幾不見五指，雪櫻站了一會兒，逐漸看清事物，她出聲向窗下重簾深垂旁的人發話：

「母樣，是我，雪櫻呀。」

七巧迂緩的開了口：

「雪櫻？」

雪櫻將燈打開，終於看清形貌俱已憔悴委頓、形同另一個完全不相似的人的母親。

「母樣——」

「是雪櫻？妳放學回來啦？」

雪櫻早已將眼淚擦乾。她走近窗戶，稍稍撩起簾布往外一看，可不是，連窗戶也自外以木板釘上了！她親愛又可憐的母親，真的是被完全禁錮了。

她回過頭來，半蹲下身子，執住母親的雙手，細細看著後者全然變形的一張臉，忍不住眼淚湧了上來。

「雪櫻，這一陣子妳去了那裡？好久沒看到妳了。」

雪櫻忍住淚，平靜的說：

「我有一陣子沒回家了，不過，今後會常來看您，阿爸不在，我才願意經常回來。」

「妳阿爸去哪裡？」七巧茫然的問道。

雪櫻想了一下，決定不對伊說實話：

「去阿木叔那裡。」

七巧又不說話了。

雪櫻站起身子，撫摸著七巧不成形的、早已蔓生雜草般不忍卒睹的頭髮，說道：

「我來幫母樣剪頭髮。記得從前母樣將頭髮燙成一個大捲，前髮往後梳，何等好看……

那時，母樣還好年輕……」

雪櫻緩緩梳著母親不該灰白卻早已灰白的頭髮，幾度因淚眼迷濛而中斷剪髮的動作。

七巧似乎逐漸想起女兒的情況，伊斷斷續續說著：

「妳這麼久沒回來，放著我一個人孤零零被鎖在這裡。那人就告訴我，他們要害死我，不然怎找了那妖孽在屋子裡……如今，有伊就沒有我，有我就沒有伊……」

「母樣，伊不是什麼妖孽，伊是清波的妻子，是您的媳婦。您莫去打伊，人家自然不會將您關住。真的，您聽我說，您不去打人，清波他們自然不會像關禽獸般，將您關住……母樣，您一定要聽我的話……」

儘管雪櫻苦口婆心勸說著，但七巧似乎充耳未聞，伊只管述說著：

「那人一直跟我說，叫我去收拾那妖孽，又叫我尋根繩索自己吊死……不知怎的，我屋子裡找不著半條索……」

雪櫻聽得毛骨悚然，顫聲問道：

「那人是誰？是何人？」

七巧默默不語。

雪櫻又追問：

「到底是誰？如此歹心腸？」

提到「那人」，七巧必然守口如瓶，不願說話，任憑雪櫻如何追問，伊都不肯回答；而且不久就好像陷入沉思般，渾然忘了雪櫻的存在。

雪櫻在為伊剪好頭髮後，悄然退出，去廚房找了月桃問話：
「我母樣最近見著了什麼人？和什麼人談過話？」
「哪裡有？除了我之外，洗澡時多了阿粉幫忙，伊不喜歡阿粉，還常罵她，根本沒和她說過什麼。」
雪櫻將七巧方才的談話告訴月桃，說道：
「我一直問那人是誰，伊不肯說。」
月桃想了很久，才說：
「沒有別人，妳母樣經常一個人說著話，或者那人是伊自己想出來的吧。」
「不管如何，要勞您多費心，幫我多多照管伊，不要給伊繩子什麼的。」
「妳放心好了，伊只是說說罷了，這麼多年都平安過下來了，哪可能再發生什麼事？」
「還是勞煩您多留意。」
「那自然是，妳不用擔心。」
做完本然喪事之後半年，素幸產下次子建吉。
那年六月七日，政府公布實施耕地三七五減租。
清波直覺，過去那種優游的歲月似乎是即將遠離了。

13

本然做週年祭那天，四歲的英吉發高燒，生下來就難飫飼的建吉又吵鬧不休，阿粉那時節剛辭工兩個月回家訂婚，素幸是軟腳蝦，因此月桃一個人忙進忙出，一直到過午甚久，才有空閒去照管七巧。

月桃捧了飯菜，開了鎖，七巧的門卻像撞著了什麼似的，推挪不開。月桃嘀咕著，遂又放下托盤，用雙手去推，確乎是有東西擋在門口。月桃放開聲音叫道：

「頭家娘，我拿飯菜來了，妳快來將門口東西移走，不然我進不去，妳也沒東西吃。」屋子裡靜悄悄的，沒有回音，月桃無奈，只好用力將門推開！門開處，只見有個長長的東西掛在門框上，被門撞開，左右晃蕩著。

「什麼東西，掛在這裡？」

七巧的房門開向暗廊，即使開了房門，依然昏昧難以見物。月桃因之伸手想要去撥開掛在門框上的長物。

手一碰觸，只覺是個硬硬的、裹著布的東西。月桃順勢往上摸，再順勢向下觸，突然倒抽一口冷氣。

「頭家——頭家——誰呀，來人哪——頭家——」

月桃一邊悽厲的慘叫，一邊不斷的往後倒退！退到廊道的另一邊，背抵住牆壁、再無可退，伊驚怖得雙腳發軟、動也動不了。

「什麼事，如此大小聲？驚到囝仔怎麼辦才好？」清波急急來探頭，人未到聲先到的埋怨著。

月桃手指著七巧屋內，滿臉恐懼與驚怖，一句話也說不上來。

清波疑慮的盯著七巧屋內，問道：

「我母樣……拿著什麼要打人不成？」

月桃自然答不出話來。

清波亦不再問話或等答話，小心的逼近門口。

一到門上，摸著了掛在門框上的「物體」，他立刻明白了。

清波暴喝著：

「快拿凳子來！快！拿凳子來！不要呆在那裡！」

月桃被清波一疊連聲暴喝之下，似乎喝醒了，衝進客廳拖了張凳子給清波。後者迅快跳了上去，將那掛著的「物體」拿下，小心抱到地面上橫放著，嘴裡一面急促的吩咐月桃「開燈！開燈！開燈！」

被放下來的是七巧的身體，不，是屍體！早已氣絕多時，屍身都有些僵硬了。

清波嘴裡雖頻頻質問著：

「誰把孩子的背巾交給我母樣？誰？」

其實他在心中卻是大大吁了口氣。七巧的死，對她自己，對別人，豈不都是一大解脫？那素幸更未料到，生平最大的噩夢，竟是如此突然且輕而易舉的解決。從此，她可是真正出頭天了！

七巧死訊傳出，令親人費解而議論紛紛的是：伊這些年早已喪失心志，竟然會挑上和本然祭日同一天去投繯，實在不可思議！

不知情的人不免牽強附會：

「夫妻畢竟是夫妻，不求同日生，但求同日死，真是奇巧啊。」

知情的人也納悶，七巧根本渾渾噩噩、糊裡糊塗，一點也不知本然何時過世？何時祭日？偏偏又那麼巧選上這一日……這世事可也離奇得很。

對於七巧的死覺得傷心者，大約也只有雪櫻一人了。

她得到消息，匆匆趕回娘家。想到母親這些年被禁錮在小小斗室之中，只為了素幸一個人，她心中就十分不平。就因為被人禁錮，才會有投繯之舉，所以一切的罪孽，豈不由素幸而來？而伊竟還能八方不動，神色自若的過日子！

雪櫻不明白母親為何獨獨只打素幸一人；但卻似乎明白母親為何投繯而死，應該是母親看到、聽到的「那一個人」叫母親如此做的吧？

這樣也好，不然被像困獸一般關起來，活著又有什麼意義？

雪櫻未曾向素幸或清波表達任何不滿或憤懣，一來她自己嫁出，母親生病，她並未付出任何心力，相對也不宜提出其他質問；二來是，素幸肚子又大了，如今懷著第三個身孕，清波將伊寶貝得什麼似的，早已又在鄉下託人找個十二、三歲的女孩子來供差遣。雪櫻估量著自己沒有立場去「仗義執言」。她只問素幸和清波：

「母親的遺物中，是否有一管洞簫？」

素幸即刻面露厭惡之色，說道：

「是有一管。前些年，伊就用那洞簫，打得我小產。」

「是否能將它給我？」

「幸而阿姊要得早，不然我正要將它丟掉。」

「丟不得，那是我父樣和母樣的共同遺物。」

「我倒不知阿爸會吹洞簫。」

雪櫻沒有辯解或更正，拿著那洞簫，珍惜的摩挲著。她想，她的短命的父親和母親，如今說不定在天上相會傾談，為了父親，母親真的吃了不少苦；到了天上，母親的精神錯亂的病應該會痊癒了吧？雪櫻胡亂的想著，到了此刻，她才覺得母親的死，未始不是件好事。而屬於母親那一代的恩怨，應該也到此都該了結了吧？

七巧所遺留下來的眾多土地，到了次年，政府開始實施耕者有其田條例，清波只保留了大約三甲的土地，其餘全數被徵收，補償費是用七成的實物土地債券加上三成的公營事業股票一起搭發。

清波也看得開，畢竟在被徵收前，他已賣過多筆土地，而今後呢？

「幾千坪的土地，也夠我們慢慢一塊一塊的賣了。」

賣土地生活，在此之前，一直是林家，特別是清波和素幸的生活方式。沒想到，正如清波所言，竟也成了此後二十多年間，林家一家五口生活全部的依賴。

那二十多年間，台灣社會由貧窮而逐漸走向富足；林家卻在眾人皆貧於物資時，過著毫不匱乏的日子；然後，又在經濟普遍開始起飛的時候，賣掉耕者有其田制度下保留下來的土地中最後的一小塊。

可以說是，他們的家庭運勢曲線，跟整個台灣的經濟走勢剛好大相逕庭，走了個恰恰起伏相異的趨勢。

14

一輩子不曾做過任何營生的林清波，所生的兩個兒子英吉和建吉，倒是自小都學了一技在身。

似乎在讀書這上頭，兩個兒子都承襲了父親的特性，不熱中也不擅長，英吉只讀到小學畢業就去學修車。他並非有什麼先見之明，知道捨修機車去學修汽車，純粹只是因為好大喜功，認為機車「不夠看」，因此去學修汽車。不想這點虛榮倒很實際、又十分巧合的符合了時代的需要。

建吉起碼還讀到初中畢業，畢業之後跟著師傅摸水電工程，愛做不做的，勉強混到服役之前，總算也出師了。

老大英吉在二十五歲那年娶了妻子彩雲，英吉嫌修車辛苦，而且成天髒兮兮的不像人樣；因此腦筋就動到他父母親清波和素幸頭上。反正自他懂事起，父母前前後後賣了不少地皮，直到他成人、成婚，也不見清波和素幸拿出什麼大筆錢助他開創事業或幹什麼的，現在可是開口的時候了。

英吉準備舉家遷到台北，所以他和彩雲已看好了一層公寓，總價三十二萬，貸款百分之五十。

英吉向清波開口的就是這三十二萬塊錢。

「十六萬付房子的自備款，十六萬買計程車，剩下十六萬貸款，我每個月自己繳。」

清波也不見得那麼小器，但人老了，漸漸沒有安全感，尤其是名下土地幾乎已賣得精光，只剩下現住的老房子。兩個兒子，眼看亦十分落拓，將來依靠不得，因此清波第一個反應便是能不給錢就不給錢。

「我哪有那麼多錢？賣土地要生活，也栽培你結了婚，還要怎的？」

「我要錢不是賭也不是嫖，少年人出社會，若沒第一把米，要偷雞也不成。我又不是要您們勒緊腰帶喝西北風，誰都知道您們有錢，我這可是第一次開口……」

「小數目還可以，三十多萬，莫說我們會去喝西北風，是根本沒這些錢。」

「阿爸、阿母，好花插頭前，我剛起頭您們幫忙，我不會忘記的。千萬莫叫我怨您們。」

英吉死纏活纏，吵到後來，桌子一拍，兩眼一瞪，狠話醜話全出了口：

「莫非要把錢抱到棺材裡去？我可是你們親生的，說出來誰相信？竟有父母狠心眼睜睜看著我去浮浮沉沉要滅頂，說了誰信？」

這一凶一狠，清波和素幸倒是不甘不願將英吉要的三十二萬元拿出來了。

從此林家的子孫輩全知道清波和素幸吃硬不吃軟，要錢的事，好好商量絕對沒有，只有「吵」才拿得到手。

英吉拿了三十二萬塊錢，倒也真是如他所言，十六萬付自備款訂了一層公寓，另外買了部計程車開始營業，小兩口離開中部，開始在台北打拚起來。而孩子也一個一個跟著落地，直到生完第三個，英吉喊「卡」，彩雲才去做了結紮。

英吉若是肯乖乖、安分守己的開計程車，莫說一家生活，連房屋貸款都不是問題。偏偏開車這行業，若不能自律和自我管理，馬上會出紕漏。

英吉天性中有好逸惡勞的天性，又喜歡湊熱鬧，人家吆喝著去賭，他二話不說就跟著去了。

賭起來又是只知開始不知結束的人，沒日沒夜、天昏地暗，手氣好時，捨不得走；手氣背時，更不甘心走。如此沉淪下去，不多時，就將一部車賭掉了。

賭掉一部計程車，彩雲自然不會有好顏色，兩夫妻又打又吵，最後彩雲哭回娘家，英吉厚著臉皮，為了三個孩子去岳丈家將彩雲接回台北。沒兩天，去應徵開推土機的工作。

也許是剛賠掉家當，所以英吉看起來頗有洗心革面，奮發向上的樣子。

經過這一番周折，清波夫婦雖然心疼那被賭掉的計程車，不過，想到長子英吉從今而後能夠正正經經討生活、吃頭路，也算不幸中的大幸，真正是值得慶幸的事，錢的問題，自然只有忍痛了。

次子建吉退役後，在自宅前廳，因陋就簡開設了一家不成樣子的水電行，有一搭沒一搭作著生意。

由於店設在巷子裡，建吉的工作態度又不積極，所以生意談不上成績。建吉反正住的是父母的房子，吃的也是父母的，根本談不上什麼壓力。

如此荏苒，也是好多年過去了。

這一日，建吉心血來潮，想要搬掉他祖母七巧的梳妝台，準備拆掉那房間，和店面打通，擴大面積，以方便自己在那裡出入起居。

自從二十四、五年前，七巧在那屋子自縊身死之後，清波和素幸形同封閉了那個房間，長久未去整理，任由它蒙塵老舊。

建吉打開梳妝台的抽屜，一件件檢視那些耳鉤、手環、花粉，大部分都已腐壞發霉，只有幾樣事物值得撿拾起來。

突然，建吉看到一張文件，打開一看，仔細辨認，像發現新大陸一般，急急往後面去喊他父母去了。

「爸爸媽媽，來看看！來看看！這可是件寶呀。」

清波對建吉的疏懶成性一向沒有好感，尤其後者鬼主意特多，經常需索，更不得清波歡心。這幾年，父子住在一起，總是劍拔弩張，氣氛緊迫，清波不時防著建吉來吵擾他們。

「又是什麼事？不要如此亂亂嚷，會被你嚇出病來的。」

建吉笑嘻嘻的說著：

「這一件絕不會嚇出病，是高興得會得歡喜病。喏，你們看。」

清波接過那摺著的、發了黃的文件，將之拿得遠遠的看著。半天，將信將疑的看著建吉，像在徵求同意：

「這不是張地契？」

建吉微笑著，應道：

「難道不是？」

「奇怪？怎會單單有這一張？你在何處尋到？」

「在阿媽的梳妝台抽屜裡，獨獨的、孤零零的一張。」

「這地點……不是附近。深坑，不是台北那一帶？怎會有這一張？」

「爸，現在你可不用懷疑它是怎麼存在的？位在什麼地方？你只要想想，這是實實在在的一塊地就成了，您瞧瞧，有多大呢！」

清波的表情由狐疑而恍然大悟，兩手一拍，叫道：

「有了！我記得小時彷彿聽過阿母講過，阿公在台北有塊地租給壽伯耕作，莫非就是這塊？」

素幸兩眼一亮，歡聲道：

「管他是租給誰做，這可是真真實實又爆出一塊土地來！而且不說台北的地價高？這一塊說不定值許多錢！真沒想到，那痟婆還有這許多好處，死後這麼多年，又冒出這筆手尾仔錢。」

「妳說話也積點德！」清波臉一變，慍道：「伊再怎麼說，都是尊長！何況人已過去二十多年，這二十多年，妳吃的、用的、住的，全是伊的，就連這塊地也是伊的，妳居然還罵得如此順口！教壞囝仔大小！」

素幸很少看到清波變臉，不免訕訕：

「我……一時失言，說慣了的……」

「對祖先要尊重，起碼他們也成了神，焉能如此不敬？」

素幸一反常態，不再抗辯，主要是希望大家將討論重點放到那塊土地上，莫生枝節。

清波又反反覆覆審視著那張地契，喃喃說道：

「這完全是撿到的！三七五減租、耕者有其田時，都沒發現這塊地契，逃掉了被徵收的命運……說來說去，不能不說是祖宗保佑，可能就是母樣庇蔭的。」

「是啊，當初我們亦不是有意要瞞，實在是根本不知有這塊地咧。」素幸亦附和著。突如其來多出的一塊地，一下子照亮了她的眼前無限寬廣，連心眼也跟著寬大起來。

「但是，當初租給阿壽伯耕作，那是我阿公的時候了，四、五十年過去，阿壽伯必定早已不在，可能輪到他的兒孫輩在耕作，或者讓渡給別人了亦說不定。」

素幸忙問：

「沒有地契，如何讓渡給他人？」

「說起來是不行，不過，年深日久，我們又不曾去催收過地租，他們說不定以為是無主的，我們這裡無人了。」清波蹙著眉，想得極深遠，不像素幸淺見，只想到好處。

「可是，我們出面去要，不就知道是我們的地了？」建吉不太確定的問道。

「話是如此說，但他們亦可不還，畢竟耕者有其田實施時，他們有權優先承購我們那塊耕地。如果當時他們承購了，這時候哪裡還輪得到我們拿地契去要？」

一席話，說得大家愁雲慘霧。不想還有更多他們想不到的事。

「現在地皮這麼貴，如果他們起了貪念，硬是不肯繳還，我們就很費事了。」清波憂心忡忡，剛剛看見地契的狂喜早已褪盡：「或者是獅子大開口，要索一大筆錢才肯歸還，那我們也很棘手，畢竟是四、五十年前，日本時代的事了。」

「或者阿壽伯的兒孫輩不會這麼刁鑽，做田的人比較老實……」

清波看了素幸一眼，說道：

「四、五十年前的做田人自然是老實，現在我可不敢說了。」

「爸，您也不要一直往壞的方面亂亂想，想得一點希望都沒有。」建吉樂觀的說道：「最少我們要出去談談看，說不定什麼問題也沒有，輕輕鬆鬆就把這塊地要回來了也說不定。」

「是啊，說不定！」清波一向猶疑膽怯，做什麼事都相當退縮。

過去又欠缺任何做事處世的經驗或手腕，一想到需要折衝的事就頭大，幾乎就想放棄算了。

「爸，我們到深坑找他們談談看。」建吉躍躍欲試的慫恿著清波。

清波卻顯得有些意興闌珊：

「事隔這麼久，要如何去談？」

「不談怎知會有什麼問題？」素幸一旁也急著想催清波採取行動。

「這樣好了，爸！」建吉像下了決心似的，說道：「您讓我去談談看。」

「你一個三十不到的囡仔，人家如何肯跟你談？」

「試試看嘛，爸！」建吉興奮起來：「爸給我一個範圍，譬如：給他們多少錢，叫他搬遷……總要給錢吧，不然人家住得好好的，田也做得好好的，憑什麼要還給我們？爸爸剛剛也說了一大堆理由。」

「這個——」清波又猶疑起來：「我說不出數目，實在困難。」

「爸，您只要說，您最多肯出多少錢給他們就好了，我就用這數目跟他們談。」

清波還是很難定奪，一來怕說多了，讓對方占了便宜，而且也讓建吉知道他手邊有錢；二來怕少了，對方老羞成怒，反而壞了事情。因此，他便一直猶疑不定。

「爸爸，我們來算算那塊地的價值，我們用最低的價錢，每坪一千元來算好了，那塊地不只一萬坪，算它一萬坪好了，一千元一萬坪，最少值個一千多萬，夠我們吃一輩子了。所以，你總得給人幾十萬搬遷費，至少不能低於五十萬吧。」

清波一聽數目，即刻嚷嚷起來：

「五十萬？又不是要搶！我哪有那麼多錢？」

「若沒這個數目，我也不用去談了！」建吉兩手一攤：「這還是樂觀的說法，人家若是知道那塊地的身價，不跟我們要個幾百萬那哪肯搬？」

素幸一旁便說：

「五十萬若真能解決問題，那也值得。」

「現在還不敢說，這可是場硬戰，不是好玩的，我可不太願意去，說不定碰了滿頭包回來。」

「那地方的地價，值不值得一坪一千元也還不知道。」清波說道，口氣十分懷疑。

「建吉這一次去，順便去打聽看看，不是也有公告地價可以參考？」素幸和建吉一樣，顯得興致勃勃，尤其是建吉方才提出的「概算」，大大打動了素幸的胃口。一千多萬，那可是個大數目呀。

「還是一句話，那塊地不知值不值錢，一下子就貿然去談——」

「所以說嘛，阿爸！」建吉對於父親的優柔寡斷開始不耐煩起來，「六、七年前，我們田中那塊地，都賣了七百元一坪，深坑的地，現在不要一千元一坪？」

「就是不知它是什麼地？在山坡上還是怎的，那樣地價差很多哩。」

「這樣好了！爸爸，如果我把這塊地以五十萬以下的代價要回來，並且打探好行情，您將賣得的價錢分三成給我可好？」

「三成？」清波思索著，沒什麼概念。

「反正您一直認為這塊地沒價值，況且，若是能用五十萬的代價要回來，就算撿到的。反正是撿到的，又不知能賣多少，給我三成也不算多……當作是分給我的財產好了，我以後就放棄和大哥、玉倫分財產，算您們先分給我好了。怎麼樣？」

「三成……三成是多少？」清波喃喃說著。

「您管它是多少？如果要不回來，要打官司、告他，不知會拖上多少年？也不一定能勝訴。如果我要得回來，算我的本事，給我三成也不為過。」

清波想了一下，忽然慨然應允：

「好吧，談成給你三成！」

「三成太多了吧？」素幸看著丈夫次子，說道：「三成就有三百多萬。」

「媽，要談得成才有希望。您急什麼？」

「事情就這麼決定，你要談就儘早去談。」清波覺得希望渺茫，這年頭，誰會讓你從他嘴上將肥肉拿走？

素幸倒是高興得很，已經在編派錢的用途了：

「若有了這筆錢進來，玉倫就可以風風光光的辦嫁妝了。」

建吉不以為然的駁斥母親：

「媽腦筋老想不通，嫁妝豐厚有什麼用？不是白白送給別人？媽對玉倫自小偏心，寧願為她白送錢給對方，真是！我可是你們林家的後代哩，她是別人家的人！」
「你爭什麼？」素幸笑罵著：「你反正有三成。」
「那倒也是。」建吉轉怒為喜，說道：「我明日就去，給我一點盤纏吧，另外，我帶一張空白支票去，若是談成，我即開即給，免得人家反悔。」
「支票倒不必。」清波說道：「簽個協議書——我看也不急在這一兩天，明天我去請問劉代書，把目前情況告訴他，看他怎麼說？順便請他擬個協議書，只要把錢的部分空下來，談好了再由建吉當場填上去就可以了，如果劉代書建議帶支票去較好，我們就帶支票去。」
建吉在兩天後起程到北部去，他先去拜訪了當兵時的拜把兄弟張志誠，張志誠在地政事務所工作，真是問對了人。
志誠為他查了地號，大大恭喜著：
「這塊地現在值錢了，每坪最少三千元以上，賣不到這個價錢來找我！」
「三千塊一坪？」建吉感到不可思議：「那不就有三千多萬？」
他的三成換算一下，最少九百萬！當初真該跟他父親簽個文字協定才是。
「是啊！」志誠教他：「耕地的人也許不知道這個行情，你千萬別露出口風，也別表現太猴急的樣子，不然會被獅子大開口，大大刁難。」
「看來不太好談的樣子。」
「也不一定，耕作的人總是比較憨直。」

建吉一刻也不耽誤，來到土地所在，尋到了目前耕作那塊土地的人，表明了自己的來意。

「當年我公祖和阿壽伯公交接的，四、五十年來，地租也不曾來要，我公祖那時代，就已經不曾按時來索地租了，主要也是體貼阿壽伯公的辛勞。」

名喚阿發，年約五十的中年莊稼漢，一聽建吉開口就提四、五十年欠租的事，因之答道：

「那是我阿公時代的事了。兩邊的老大人當初如何約定，我們後輩也不知情。地租的事，若是你們曾來要，我們也不會拖欠的。問題是事情都過這麼久，而且這塊田也不肥，愛做不做，我是手腳也軟了，如今，做哪一行，都比做田好。」

建吉心中大喜，至少對方已表明了不戀棧這塊土地的意思，再來便好談了。

「既是如此，是否可將土地還給我們？」

「這哪是說還就還那麼容易？」阿發突然掙紅了臉，粗聲嚷嚷起來：「田裡的稻子沒熟，而且，一下子說搬就搬，要搬哪裡？又不是厝殼現成有，要搬就搬。」

建吉忙忙陪笑：

「那自然是要等收割了才搬，但現在可以先商量好，我們簽個約定，你們也可以開始找房子。」

「說得容易，沒錢去哪裡找房子？」

「是啊，我這裡給你五十萬，足夠您買一戶大房子，舒舒服服的搬過去。大家畢竟是幾代的交情了，好來好去，我不虧待你們，五十萬，在台北市也買得到四、五十坪的好房子。」

對方鐵定不知道這塊薄田變更用途之後，可以賣到三千多萬那樣的天價；而且三代辛苦耕作，連自己的居處都買不起，乍然聽到五十萬，大約以為天降橫財那般幸運，所以不曾刁難或考慮，雙方各取所需的簽了協議，交還土地，也寫明了搬遷時間。

建吉始料未及，十分順利的完成了任務。

回到家，又帶回土地現值的利多消息，建吉不免趾高氣揚起來：

「用五十萬換三千多萬，這是舉世難找的好生意，若非是我，只怕也談不成咧。」

素幸卻有點捨不得必須付掉的那五十萬：

「當時你若開價二、三十萬，他也會搬！一下子就開出五十萬，真是！白白便宜他們。」

「媽！您怎麼事成之後說這話？若非一次解決，夜長夢多，等他打探到行情，那時五百萬也請不動他！」

「辦成就好。」清波說了話：「如今是去哪裡找買主才重要。不然土地放著也是放著，看不到錢哪。」

建吉這點卻與他父親有不同看法，他說：

「人家說，現在最值錢的是會長草的，那就是土地嘛。只有土地不會貶值，而且越來越值錢。」

「值錢也是有行無市，沒賣成都不算數。」

「爸爸，賣土地千萬不要急。您想想看嘛，台灣島這麼小，土地少，自然物以稀為貴。我們的土地又大又完整，正是人家求之不得的，我們可以好整以暇吊高價，一旦急著求售，價錢就要不高了。」

「你說得容易輕鬆，因為你根本是吃飯缸中央，茶來伸手、飯來張口，幾時操心過米缸中有沒有米糧，家中有沒有飯吃？」清波將平日的不滿趁機發洩出來，看看能否激起兒子的一點羞惡之心。「土地不賣，我得操心有沒有錢繼續過日子？我和你是不同的，你就憑那張嘴，什麼事情到你嘴裡都稀鬆平常，但你幾時做過什麼？」

建吉被父親搶白一番，訕訕的沉默了一會兒，突然又像想到什麼，有點狡黠的笑道：

「爸爸，事情也不真像您所說的那樣吧？如果沒有我去找出這張地契、又解決了阿壽伯兒孫輩的搬遷，我們根本不會多出這塊地，對不對？而沒有這塊地，日子照樣也得過下去——您總不會說手邊沒半點錢要過日子吧？是不是？」

清波臉面瞬間大紅，支支吾吾的為被拆穿謊言而掩飾：

「這什麼話？是……是有啊，不是被你拿去給阿壽伯的孫子那五十萬？」

「若是只有五十萬，你會全部讓我拿去？」建吉促狹的問道，一副心知肚明的樣子。

「猴死囡仔，滿腦子都要錢！你不榨光我不會開心！你啊！將我榨光你有什麼好處？難道你要替我出棺材本？」

建吉看著父親那副被逼急又惱怒的表情，哈哈大笑，說道：

「免驚！免驚！現在我可不稀罕您的錢，那塊地賣了，我有三成佣金可拿，我還會看上這些小錢？」

「地賣了、地賣了！你要賣給誰？」清波氣惱的瞪著他。

「這個我倒不急。」建吉胸有成竹的說著他的如意算盤：「大哥在開推土機，一定有認識的建設公司；不然我問問我那結拜的兄弟，必然也有消息。我們手上有『貨』，怕什麼？更不用著急！」

賣地的事，由於是第一也是唯一一塊在北部的地皮，清波的人際關係全使不上力，唯有寄望英吉和建吉的線索。

除了賣地這件「要務」，現在建吉還不時慫恿清波，賣掉台中這幢老房子，要嘛和建設公司合建亦可，然後舉家遷到北部去。他的理由是，台北是第一大都市，機會較多，或許搬遷過去，近水樓台，發達的機會就來了，人在那兒，最起碼比較掌握得住，不致錯過。

英吉從建吉那兒獲知深坑那塊地的存在，精神大振。畢竟那金額太大了，不要多，只要分得三成，便在千萬元之上，一年光拿利息便有百萬之譜，夠他輕鬆愉快度日了。

所以他對於賣地布線的事非常積極，比他曾經做過的任何事都要殷勤。

一年中談了兩三個可能買主，到了第二年過了大半，終於洽定一家大型水泥公司轉投資的建設公司，買價高達三千六百五十元一坪，整塊地算下來，可以賣到四千多萬。

這塊地就在全家翹盼之下成交。清波夫婦指望用這筆錢養老；建吉指望父母原先承諾的賣價的三成；而英吉心裡也想：弟弟找到地契、勸走佃戶，可拿三成佣金；他自己找到買主，使雙方成交，功勞不下弟弟，所以三成佣金按理也跑不掉的。

兄弟兩個各拿三成，清波夫婦剩下四成，在英吉、建吉心目中，這已算是豐厚有餘的養老金了。

賣地的同時，水泥公司老闆得知建吉做水電、英吉開推土機，即刻表示長期合作的意願。尤其對於前者，水泥公司老闆還替他出主意：

「你找幾個人，組成公司，我蓋的房子，水電全讓你來包。」

建吉原來就想有一步登天、做「大」的企圖，一聽這建議，簡直喜出望外，一心就巴望著他父母分給他三成賣款，好大展鴻圖一番。

而為了做水泥公司的水電，搬到台北更是勢在必行；建吉因之亦順勢慫恿清波夫婦一舉搬遷到台北。

台中現住的房子畢竟真是舊了，兩百多的地坪，又在市中心，水泥公司也有興趣，準備談下左鄰右舍總共大約五、六百坪的土地蓋幢大樓，甚至可以在賣地之餘再保留一戶房子。

清波夫婦因之就在兒子慫恿、水泥公司協助之下，在松山買下一幢三樓透天店面，整個建坪加起來也有一百來坪。

來不及等水泥公司完全談好合建的所有對象，建吉便催著父母搬遷到台北。然後，由父母出資，建吉真的大張旗鼓，用了十來個人，包下了水泥公司的水電工程。現在，剩下的就是「分財產」了！最起碼也得將賣地所得的款項分一分。

可是，左等右等，清波夫婦卻將絕大部分土地款，全數存到水泥公司去，每月領取利息錢過日子。

如此苦等數月，未見動靜，英吉便和建吉聯合起來，向清波夫婦攤牌。

那清波早已胸有成竹、老神在在的回答：

「你們現在日子有什麼不好的嗎？我每月補貼英吉五萬元生活費，建吉所有的公司開銷和生活所需也全算我的。你們還有什麼不滿意的？」

「我們原先不是說好了，只要地賣成，我就可以分三成款。那筆錢一分，我就什麼都自己來，不要你們代付一毛錢。」建吉首先發難。

英吉也說：

「一千萬元的利息錢，每個月就是五萬的兩倍，我當然要拿一千萬元更上算。」

「錢分了就散掉。反正你們只有兄弟兩個，將來我們老去，財產還不都是你們的？管保比現在還多。」清波沉穩的回應，他是打定主意不在此時分財產的，他才六十初度，假設可以活到八十歲，未來二十年那麼漫長，不知會發生什麼事？何況錢分了，就別想兒子會守在身邊。

「未來是未來，現在是現在。分到錢，我可以做別的生意，不用老是開推土機那麼辛苦。」

「反正我和大哥拿走我們那一份，你們剩下的那筆錢，也足夠吃三、四十年了。」

清波被逼急，終於變了臉：

「誰說財產一定要分？是誰規定的？」

英吉、建吉同時一愣，後者半天才說：

「找出地契那時，原就說好了的。」

素幸也說話了：

「又不是別人，還拿什麼三成佣金？」

「通天下也沒有三成佣金這種行情，簡直搶人嘛！」清波惱怒的叱道。

「那時說好的，歡喜甘願的事。」建吉也臉紅脖子粗的抗辯。

「誰跟你說好？全是你自己一人自說自話！子逼父分產，這是什麼世界？又不是沒栽培你們，年輕力壯的，不好好打拚，專揀軟柿子吃……法律有規定老父要在生前分財產給子女嗎？」

話說到這個地步，等於說僵了。英吉因之放軟口氣，用商量的態度向清波說道：

「爸，反正要分，好花插頭前，有什麼不好？」

「財產早分，你們早花掉。反正一定是你們的，你們又何必那麼急？」

分產的事，至此打住。

清波先各給英吉、建吉兩百萬。

「這兩百萬，足夠人家在市中心買五十坪的高級住家。你們還要怎樣？非得把我挖光不成？這一輩子，沒拿過你們孝順的半分錢，你們去比較比較，兒子是怎麼做的？」

兩百萬雖不像清波所言，可以買到五十坪高級住家，但四十坪是絕對沒有問題的，足見那也算是一筆相當的數目。

可惜先有一千多萬的目標在那裡，兩百萬就微不足道到不足以平英吉和建吉的心了。

英吉另外他住，所以威脅較小；不過建吉和清波夫婦同住，摩擦就多。

建吉本性原就疏懶，現在更有理由鬱卒了。

一半是託辭，一半是找碴，建吉開始喝酒買醉。他的酒品一向不好，半醉時就開始摔東西、罵人。

「老不死，抱著那麼多錢財進棺材就滿意了？到時看誰拜你們！」

父母子女一旦陷入這種仇視關係，實在尷尬又痛苦。清波因之催趕建吉：

「你每天這樣，誰跟你一塊住都困難艱苦，你自己搬出去住好了！反正翅膀硬了。」

「搬出去可以，我的錢拿來！拿來我就搬！而且馬上搬。」

「什麼錢？幹！誰規定錢要給你？沒見笑！二、三十歲的人了，只巴望老大人給你錢，自己不去討賺。」

建吉開始喝酒後，經常宿醉不醒，無法準時上工，甚至常常缺席。頭頭既然不在，他手下的水電工自然也不會賣力。尤其經常酗酒、情緒失控，當然也逐漸失去手下人的信賴。結果，水泥公司工期嚴重延誤，下一批的水電工程當然不可能委託建吉去做了。

工作沒有了，不到兩年，原想「做大」的水電工程公司也形同虛設。

清波夫婦原就不捨得身外之物，把錢看得比什麼都重。父子既然反目成仇，那就更不可能提早分產給兒子。大概是強烈的不安全感使然，反而促使他們抱緊錢財，無法放下。

尤其是和建吉同住既然如此痛苦，建吉又不肯搬出去住，按理清波夫婦應該自行搬遷才對。可是，既捨不得再花錢買一幢房子，又捨不得將現住的房子全讓給建吉，日子只好繼續湊在一堆互相折磨。

那期間，小女兒玉倫出閣了。相親說合的對象，是個尋常上班族，素幸和清波給了玉倫一百萬元陪嫁和豐厚的嫁妝，期望她從此平平順順過日子。如此一來，他們夫婦就只要應付建吉那個禍害，而不必再操心其餘的人和事了。

否則，一筆意外之財，好處固然有一些，但弄到父子反目成仇，建吉藉故酗酒成廢人一個，也夠讓清波夫婦嘆氣的了。

15

原來巴望分到千把萬，買幾部大型遊覽巴士，參加全省公路野雞遊覽車營運，蹺腳坐收營利的林英吉，這下子希望落空，只得依舊有一搭沒一搭開著堆土機，然後用那兩百萬換了幢大房子，剩下的錢也放在水泥公司生利息。

剛搬的新房子，連電視也買了新的。這天，因為收視不良，英吉自忖懂得一點門道，又懶於去請電氣行的人來調整，因此自己爬到四樓頂去，準備將天線調整妥當。

由於新搬不久，周圍環境不甚熟悉，樓頂上管線又錯綜複雜，英吉一上四樓頂，覷好自己家那支新的天線，準備由他調整，再由自己長子在三樓住處看電視螢幕好壞向他喊話、指引調整。

英吉爬上水塔，一心只望著自己家的新天線，由於高度高了點，所以他費了些力氣才搆得到。他將天線一撥，向下面三樓喊話：

「好一點沒有？」

「沒——有——，更糟了！」

英吉思忖，只得從往另一個方向調整看看。

他再次踮著腳尖，用手把天線撥向另一邊去！

由於欠了點高處、有些勉強，所以那一撥有些用力過猛，天線碰上了另一條管線！說時遲那時快，英吉只覺全身一震，肚腹爆裂，整個人失去知覺。

原來，他將天線撥動去碰觸到了高壓線！整個人被電得昏死過去。

三樓的妻子因電視機突然一聲巨響，突然失去螢幕，開口叫喚英吉。

英吉沒有回音，他妻子彩雲警覺，推動長子福順道：

「你爸爸沒有回音，怕是有事！我們快上去看看。」

母子兩個衝上四樓頂，一見英吉死躺在那裡，身體都燙得半焦。彩雲拉住福順，叫道：

「不要碰你阿爸！」

她順手撿起屋頂上一根竹棒，用力去撥英吉的身體。好不容易將電線撥離，但英吉腳上的肉卻全沾在屋頂板上！

彩雲顧不得哭，吩咐福順：

「下樓打一一九電話，請他們儘速派救護車來，記得說清楚我們家地址。」

救護車大約二十多分鐘便趕到，英吉電得全身、特別是肚腹部分傷痕累累，沒有人相信他有存活的希望，因為，實在是太慘了。

意外發生，清波夫婦也被緊急通知，兩人趕到醫院，都認為英吉沒救了，和彩雲哭成一團，當時心裡還頗後悔不曾多分點財產給英吉，以致讓他那麼早就過去，什麼都沒享受到呢。

「醫生，拜託盡力替我們醫治，務必要救活呀。」母子畢竟是母子，素幸哭求著醫生。一旁冷眼看著，酒意並未全消的建吉冷然哼道：

「現在，你們可以抱著更多錢財去陰間報到了，反正又少了一個人分產。」

清波罵道：

「你這夭壽死囡仔，講這種話不怕天譴？你不但咒父母，還兼咒你兄哥快死啊！這是多麼歹毒的心腸！平常人誰說得出這沒心肝的夭壽話？」

「我說的是真話，高壓線電到，凶多吉少——」

「你閉嘴！你不說話，人家不會以為你是啞巴！」清波平時積怨難消，也趁此罵罵建吉出出氣。「你眼中除了錢，什麼也沒看到！你這沒血、沒肉、沒心肝的禽獸！如果你兄哥有個三長兩短，我到中將爺那裡燒香告你，看你消受得了？你這忤逆的禽獸！」

到了這時，建吉才勉強閉了嘴。他畢竟只有英吉一個兄弟，英吉若死，父母名下那些錢也不會全歸他，所以對他一點好處也沒有。

但是，傷到沒人看好的英吉，最終還是被救回了一命。足足調養了兩個月才又行動如常，不過，全身都是累累的傷痕。

那一電，電得英吉魂飛魄散，痊癒後，英吉不敢再開堆土機，那種工作高來高去，不知何時會再碰到高壓線。常言道：賺錢有數，生命要顧，的確是至理名言。經這一劫，是該換個不用提心吊膽的工作了。

但這只是英吉心中一個想法而已，他還有另一個想法，放在心中，不曾明言。經過這個劫難，差點以為救不回來，他父母心中多少會有點不曾多分些財產的悔意。現在，英吉放出了不再開堆土機的空氣，剩下的回應就該清波和素幸來做了。

英吉穩穩的過著繼續休息將養的日子，只等水到渠成，他開口或父母開口的那一天。

而已經結婚一年多的玉倫，有一日頂著六、七個月大的身孕回娘家。

清波、素幸本來以為這只是尋常回家定省的舉動，可是，玉倫卻露出一副若有所思、心事重重的樣子。

藉著到後面泡茶之便，素幸悄悄對在後陽台逗鳥兒的清波說道：

「如果我說得沒錯！玉倫一定是回家要錢。你瞧她那副樣子，只等機會就要開口。」

清波一聽，一肚子火全旺了起來，聲音不由就十分張揚：

「幹什麼的？這些敗家子！男的女的全一樣，老的有點錢，他們非要挖到空不行！這是什麼時代？也有如此威逼老父老母的！」

「你先別如此大聲嚷嚷，」素幸嘆了口氣，無可奈何的說道：「我看，乾脆就如他們的意，三成就三成，全分掉算了，我們也省得像臭頭雞仔，沒事就惹氣。」

「三成全分掉？法律還是什麼王法這樣規定？錢是我的，我要一毛不分，他們也莫奈我何！這些死囝仔子！一個比一個沒用！全不自己努力討賺，只眼睜睜看著這些錢，說不定他們還是在背後每天咒我們早死咧。人死了，他好名正言順來分錢。」

「既知事實如此，你何不就分了產算啦，大家清淨。」

「真枉妳生了這些死囡仔子！妳難道不知道這幾個，分多少用多少，不要多久，他錢用光了，又望著我們保留的這一份，又來膏膏纏，到時還不是一樣罵、一樣吵，一樣咒我們早死。妳可弄清楚，分了錢，我們所剩不多，往後幾十年！妳也別想他們會來照顧我們，更別想他們會來送終，這些死囡仔子！真真是無法無天！」

「分了錢，就將建吉這死囡子趕出去，我們兩個老的圖個清淨，寧願自己過活。」

清波猶自恨恨不已，突又想起女兒的事，馬上又說：

「玉倫這死查某囡仔，難道她也想分一份三成的？那我們還剩什麼？這些沒有良心的討債鬼——」

「我說啊，三個都不用給三成，英吉和建吉，兩人各給一千萬，諒他們也沒話說。玉倫嘛，聽聽她這一次要什麼，給她這一次也就算了。」

「如果她獅子大開口……」

「諒她也不敢。」素幸一向疼惜玉倫這小女兒。「雖說是出了嫁的，也不能不給，畢竟是女婿嘛，我們做得到卻不肯，他會怨怪到玉倫頭上去。我想玉倫就是因為這樣才回來的，不然她比兩個哥哥有良心。」

「是嗎？」清波冷冷一笑：「這年頭，有錢才是老父老母。她若不逞強，何必向她夫婿提到我們有錢？總歸是也想分一份吧？在她想來，那麼多錢，兄弟有份，她豈可沒有？」

素幸見清波動了肝火，只得放緩語氣：

「畢竟是自己骨肉，也只有那個女兒。」

所謂知女莫若母，玉倫果然是回來要錢的，而且開口還不是小數目。

「國棟的叔叔要開家洗衣連鎖店，乾洗機器是日本進口的，一部要許多錢。所以我回來跟爸爸媽媽商量商量。」

清波對口便說：

「沒那個腳倉卻抬這種死龜。頭路吃得好好的，沒本事跟人家做什麼生意？」

「可是，吃頭路就是這樣，一輩子吃不飽餓不死……」

「那是妳眼睛望著老父這裡有錢，想孔想縫，一直來鑽營。」

「爸爸，我還沒開口——」

「按理我給了妳一百萬陪嫁，也夠多了。」清波想著三個子女全動錢的腦筋就生氣。

「國棟答應他叔叔要吃百分之四十股份，需要三百萬。」

「他憑什麼答應？」清波怒聲罵道：「他自己沒錢，居然敢答應加股，不是明擺著吃定我了？」

「爸爸——算我跟您借的，以後賺錢還您！好不好？」

「賺錢？哼——」清波恨恨：「女兒賊就是女兒賊，只會回娘家挖牆根。」

「難道爸爸忍心我跟著國棟吃一輩子苦？而且，孩子就要落地，更加花錢。」

「養妻子是男人的本分，也是男人的本事，這是國棟要考慮的事。男人要打拚，不是只巴望岳父的錢。」

「只不過是借個三百萬，爸爸竟如此吝嗇，一點也不管我死活。」玉倫說著，開始掉眼淚：「國棟的兩個哥哥，全是他嫂嫂的娘家拿錢出來給他們做生意，現在發達得很。如果只有我一個人拿不出錢，叫我在他們王家怎麼抬起頭過日子？」

「那他們王家可真厲害，娶某順便娶金礦。」清波嘴裡雖如此說，但心裡已知這筆女兒開口「借」的錢非給不可了。

素幸這時也開口假意在訓玉倫，其實是在平清波的氣，為玉倫說項：

「妳爸爸的錢，一下子妳大哥要，一下子妳二哥拿，別看它是不少，這樣甲拿乙拿的，搬搬也就空了。按理國棟要做生意，應該量力；若是要借錢，也該先和我們商量，沒有人能如此自作主張的。」

「原是我說爸爸有錢——我不能輸給他兩個嫂嫂……」

「妳看！真是飼老鼠咬布袋，唉，養女兒幹什麼！」清波搖頭嘆息。

素幸忙說：

「這一次，說就說了！下回絕不能再有這種事。」

「說了就算？」清波恨道：「三百萬可不是小數目，居然就這麼簡單，說了就算？」

「清波，看在自己女兒份上，就給她這一次吧，不然她如何在王家站起？回去也不能交代。」素幸說著，轉向玉倫，說道：

「玉倫，三百萬不是小數目，一般人家可以買三、四幢房子。我和妳父親，前前後後給了妳四、五百萬，比起妳兩個哥哥都要多。妳自己得明白，就只這些了，再來沒有了，往後不要再隨便開口對國棟提妳父親有錢。」

「謝謝爸爸媽媽，我知道了。」

玉倫如此就在生產前輕易自娘家拿走了三百萬，連同她結婚的嫁妝和陪嫁的一百萬，總共也拿走了四百五、六十萬。

雖說這事是瞞著英吉和建吉私下給的，但俗語說：鴨蛋密密也有縫，英吉、建吉都不是傻瓜，又都時刻密切注意著清波那筆錢的動向；尤其是建吉，他和清波夫婦住在一塊兒，玉倫回娘家突然回得勤，再經他用話打探一下，馬上心中有數。

是可忍、孰不可忍？建吉立刻聯合英吉，將玉倫叫回娘家，當著父母面前，公然「審起」妹妹。

英吉首先發難：

「我這條命是撿回來的，本來也不想在這些小事上和爸爸媽媽爭執。不過，自小爸爸媽媽就不公平，特別偏愛玉倫。將她栽培到私立高職畢業，光陪嫁就將近兩百萬，等於我和建吉分到的錢。現在呢，又私下偷偷給她錢，我打聽到的是，爸媽領了三百萬出來。這三百萬全是給玉倫的吧？」

「沒有的事！」清波一口否認，這件事一承認，事情可就大條了。「你胡說！三百萬，我又不是開銀行！」

「爸爸，你不用否認了，玉倫最近頻頻回娘家來，不是為錢，難道是孝順？」建吉撇撇嘴，突然轉向玉倫：「玉倫妳自己說好了，妳回家向爸爸拿了多少錢？」

「我哪有？」玉倫的臉掙得通紅，她十分明白，絕對承認不得：「你亂說！」

建吉毫不留情：

「那妳這幾次回來幹麼？」

「看爸爸媽媽呀！回來幹麼？」

「水泥公司那邊，證明爸爸最近領出三百萬，剛好是妳回來的這陣子。」英吉補充說明。「這不是太巧了？」

「奇怪！我領錢是我的自由，還要你們同意不成？」清波老羞成怒的反擊著。

英吉說：

「如果是給玉倫，我們就不同意，她畢竟是嫁出去的人了，沒有人錢不給親兒子，卻給女婿外人的。」

「我說過，我沒拿——」玉倫虛弱的抗辯著。

建吉忽說：

「妳敢發誓？」

「發什麼誓？」玉倫吃了一驚：「這種事也犯得著發誓？」

素幸一旁忙著幫玉倫的腔：

「是啊，親兄妹用得著這樣？」

「其實發誓最能使事情水落石出了！」英吉卻是幫襯著建吉，兩人陣線一致：「有就有，沒有就沒有——有就承認，也不必發誓了；若是沒有，發個誓也沒什麼大關係，反正是沒有嘛。」

玉倫掙扎了一下，恨恨說道：

「發誓就發誓，誰怕啊！」

素幸忙著化解：

「發什麼誓？大家吃飽太閒不成？」

「媽，您也別擋東擋西，若是玉倫拿了三百萬，您替她承認好了。省得她必須賭咒發誓。賭不實的咒，她敢嗎？」建吉嘲弄的看著自己的母妹。

玉倫這時也發飆了，她咬咬牙，恨道：

「賭咒就賭咒，誰不敢？」

「好！」建吉一拍大腿，站了起來，說道：「去中將爺廟燒香咒誓。妳如果最近有拿錢，要怎麼辦？」

「要怎麼辦？」玉倫對建吉的苦苦相逼恨到極點，反問道：「如果我沒拿錢，你要怎麼辦？」

建吉沒想兩秒鐘，即刻回答：

「可以！如果妳最近沒拿家裡的錢，是我誤會、汙衊妳，那我會重病而死。但是，如果妳確實拿了，妳的下場也一樣，好不好？」

玉倫未及回答，便被素幸搶著攔住：

「作什麼上廟裡咒毒誓？親兄妹有必要這麼毒？」

玉倫便說：

「是他逼我的，我沒辦法。」

「只要妳承認拿錢，可以不發誓。」建吉放話。

「咒誓就咒誓——我不怕！」

「玉倫！」素幸急急企圖阻止。

「胡鬧！簡直胡鬧！」清波氣道：「為了錢，什麼亂來的事你們都做得出來！」

結果二老阻止無用，建吉、英吉和玉倫三方都不肯鬆口，三個人隨即驅車上萬華中將王廟去了。

一入廟門，建吉點了三把香，分給英吉和玉倫，並對玉倫說：

「妳現在後悔還來得及。」

玉倫嘴硬，回道：

「你才須要後悔。」

於是三人賭咒發誓如儀：若果如何，則得重症而死。

而清波和素幸在家急得跳腳，尤其是後者，更是恐懼。

「人家說，中將爺前絕對賭不得咒，不管黑白，兩造皆有得罰；錯的人或發假誓的人，中將爺更不寬貸，全都報應不爽。這玉倫不知輕重，居然跟他們去了。」

「方才那種情形，她能不去？不去行嗎？」

「這建吉也真毒！」

清波嘆道：

「全是為了錢！不是我說，如果必要，這些逆子為了奪財也會殺掉我們！想想，若是沒發現那塊地也就罷了！日子反而平靜。有了錢，這些孽障，一個一個都變成討債鬼！」

這件賭咒發誓的風波過去沒兩星期，玉倫就生了孩子，是個女嬰，取名萱文。

而建吉執意分產的心絲毫不因賭咒罰誓而稍歇。他現在不是偶一吵鬧，而是天天吵，時時鬧，幾乎是按三餐在吵在鬧。

到了最後，清波也受不住了，和他攤牌：

「要分產也可以。不過，你的三成，必須扣掉過去你所花、所分的所有錢，還有我和你媽買了百年後兩處陰宅的錢……但我有個條件，第一，你給我搬出去住，並立下字據，從此不相往來，不再回來吵鬧。」

建吉想想，依了這個條件，只問：

「我分多少錢？」

「五百萬。」

「五百？」建吉冷哼：「你在給我擦嘴、意思意思？」

「五百離你的三成目標沒差多少。想想看這許多年你花掉多少？又害我和你媽減壽幾年？按理講，你該養我們……」

父子間展開了漫長的馬拉松拉鋸談判，最後以七百萬元達成協議。

這之後，清波才將英吉一起叫來，聲淚俱下宣布了分產決定，也吐露了自己身為人父最深沉的劇痛：

「我也不期望你們兄弟回來看我們，反正你們眼中只有錢字而已。將來百年以後，我們陰宅也買了，耗不到你們一毛錢，相反的，也許還會留下一些手尾錢，屆時吸引你們的，或許也就是這些手尾錢吧。從今而後，你們是你們，我是我，算我欠你們的債都還完了，莫再來煩我。」

協議既定，建吉便開始找房子，從此，清波只當他是房客，出入作息就當沒他這個人存在，只等他搬遷出去而已。

萱文六個多月大時，玉倫一向兼餵母奶，只覺母乳甚少，最近甚至吸不出任何乳汁；而且萱文一吸吮，每次都令她痛徹心肺。

婆婆對她說：

「會不會是奶管未通，脹奶才痛？」

「痛得像要我的命一般，怎會那麼痛？」

「脹奶是很痛的，要不要去給醫生看看？放著讓它痛成這樣，畢竟不行。」

「我去看一次醫生好了，脹奶這麼厲害，都結成這麼大的硬塊……」

原來以為很尋常的脹奶，經過詳細檢查，竟然卻是乳癌。

才只有二十七歲的玉倫根本無法接受。

和丈夫雖是相親結婚，但算感情不錯；女兒萱文才六個月大，要嘛就不該生她……還有許多事是二十七歲的生命未曾經歷過的，想起來就無法接受。

然而，癌細胞已擴散甚廣，淋巴，大半個乳房……醫生建議照鈷六十用化療。

玉倫由震驚、絕望，慢慢恢復了思考能力。她決定堅強的接受化療：

「能活多久就盡量活多久，萱文還那麼小，我要努力活久一點。」

而她的母親卻沒她那樣堅強。素幸呼天搶地，出毒口罵建吉：

「你害死你妹妹了！都是你叫她去中將爺廟裡發毒誓，她才會死！你好歹毒啊，如此對你自己的親妹妹。」

建吉亦未料到玉倫不到半年就身罹重症，當初他只不過是唬唬她，為達自己爭取分產目的而企圖逼她吐實而已；誰想到她真會如此面臨絕路？

「你這麼惡毒……自己唯一的妹妹，你將她逼到死路……」素幸哭得語無倫次，一再重複著這兩句話。

「誰要逼她？誰知道她——她那個病，是年深日久，早就有了，否則怎會蔓延到內臟，連割也不能割？」建吉忽然想到一個藉口和遁辭，虛張聲勢大聲回答他母親的控訴。

「是你逼她，是你逼她——」

「干我什麼事？我不叫她去廟中發誓，她一樣會生病、一樣會死……何況，她如果沒拿錢，罰再重的誓也沒關係，是你們害她的，你們給她錢，又叫她不能說……根本是你們害她的！」

「夠了！夠了！」清波的白髮，近一年內爭相冒了出來。他再也受不了家中這氣氛了。「這個家像什麼樣子？一個快死，兩個吵鬧不休……你快找了房子給我搬出去住！我再也受不了，簡直會起痟！」

原來一直啼哭不休的素幸，聽到清波說了「起痟」二字，突然停止住哭聲，坐了起來。

次日，素幸遠到新店一家供奉媽祖的廟宇，拿了號碼牌，等候乩童起乩要請示媽祖娘娘。

輪到素幸請示時，五十餘歲的女乩童閉目沉思，身體左右有規律的搖晃著。

「我女兒得了乳癌，已經擴散無救了，可憐她只有二十七歲……我來請問，她可有救？求媽祖娘娘大發慈悲，將她的癌腫消除於無形……」

乩童沉思了一分鐘，突然開口：

「現時，妳家中不只女兒有病，是全家都有病！」

素幸吃了一驚，請託道：

「求媽祖開解！」

「大家都得了貪病！為了錢財，父不父、子不子，才有今日。」

「是……有二子，一直逼著我們老的分產，現已決定分產給他們。不知為何，這兩個兒子，自少年就不肯打拚討賺，一心只想著祖公仔屎，只巴望祖先的遺產！」

乩童忽然張開雙眼，瞪著素幸，厲聲喝問：

「講到祖公，妳可是將祖公屍骨放著未好好處理，自己卻買了兩座華麗的陰宅？」

素幸大吃一驚，結結巴巴答道：

「是我查某老的、我婆婆，撿骨之後，是……還未將伊安厝……」

「妳自己不孝，卻要求子孫孝順，可能嗎？剛剛說過，父不父、子不子，尚有何言？退下！」

素幸忙求：

「我知錯了！回去一定將我婆婆屍骨好好安厝。只求問：我那女兒有救嗎？」

乩童兩眼再度閉上，半天，緩緩搖頭，說道：

「各人有各人的冤業孽障，無須再問。」

那天夜裡，素幸便和清波商量：

「你阿母撿的骨，該當再找風水師看塊墳地埋起。」

「如何現在又想起這個事？」

素幸提起今日問乩的始末，清波斥道：

「好好的跑去問神明，自己又疑神疑鬼，現在事情還不夠多嗎？這樣做，難道玉倫就可以好起來？」

「自然不是這樣說。不過，你阿母的事若安頓好，我們不是比較安心？說來，今日有這些土地，亦是伊的餘蔭；雖說，也正因這些土地，才有這許多紛爭……」

清波低頭想了想，說道：

「事到如今，對祖先、對後代，我們也只能求個心安就是，其他又能如何？」

月色迷離。

素幸望了一眼祖宗牌位，想到她婆婆早已過去三十餘年，卻至今依然發揮著影響力，隱隱然掌握著他們的生活，實在不可思議。尤其是伊生前根本不是一個侵略性很強的人，若非精神錯亂，誤將素幸當成仇人追打，否則伊真像是清波口中那不問世事、曖曖有如月影的溫婉女子。

沉思中，只聽清波嘆了口氣，說道：

「糊裡糊塗，也到了六十五歲。人生，真是一場夢啊！」

「是啊，沒想到臨老卻來發生玉倫和建吉、英吉的事——」素幸也喟嘆著。

「兒孫自有兒孫福。錢也分了，做父母該做的事我們也做了——就是這樣吧。倒是我母樣的事，真的不能將伊丟著，撿金以後也放了好些年囉。」

「如果你父親墳山上有空位，是不是將母樣的金斗甕就葬在一起？」

「亦得找個風水師看看。」清波沉思著：「反正，我們就將它當作要緊事來辦吧，拖得也夠久的。我雖不太信那些神啊鬼的，不過，家中接連發生這許多事，英吉觸電、建吉酗酒、玉倫又患了絕症，叫我心裡毛毛的。或許是母樣在氣我們一直沒將她當一回事也說不定。」

「我曾聽說——」素幸遲疑一下，終於還是決定說出：「母樣原有個愛人，雪櫻姊就是跟他生的……」

清波愣了一下，未料到素幸會突然說出這件事來。

素幸見清波沒有翻臉，因之又怯怯的說了下文：

「會不會——母親想和他合葬？」

「沒有的事！」清波說出這一句話之後，輕輕吐了口氣，才又說：「即使有那一回事，她後來也和父樣做了幾十年夫妻——妳想想，人生能有幾個幾十年呢？」

是啊！人生能有幾個幾十年呢？

素幸想起自己和清波，四十五年前在公路局上首次邂逅的事。以及這四十五年來，發生過的大大小小的事情。

是啊，人生如夢，幾十年就這樣過去了。

清波抬頭看看中天月色，半天，才吁出一口氣，說道：

「人生海海，計較半天，到頭來還不是空的……到頭來，又只剩下我們兩個人……」

那一年，素幸進門；那一年，英吉出生；那一年……他母樣和他阿爸的臉交互出現，甚至還有春江、月桃和阿粉……

所有的一切，鮮明得正如昨日。

清波闔上眼，泌出淡淡的一滴淚。

一九九五年五月十一日增訂

廖輝英作品集 22

月影

著者	廖輝英
責任編輯	鍾欣純
創辦人	蔡文甫
發行人	蔡澤玉
出版發行	九歌出版社有限公司 臺北市105八德路3段12巷57弄40號 電話／02-25776564・傳真／02-25789205 郵政劃撥／0112295-1
九歌文學網	www.chiuko.com.tw
印刷	晨捷印製股份有限公司
法律顧問	龍躍天律師・蕭雄淋律師・董安丹律師
初版	1996年1月10日
增訂新版	2017年1月
定價	320元

書號　0110422
ISBN　978-986-450-102-1
（缺頁、破損或裝訂錯誤，請寄回本公司更換）

國家圖書館出版品預行編目資料

月影：廖輝英作品集 / 廖輝英著 – 增訂新版.
-- 臺北市：九歌, 2017.01

面； 公分. -- (廖輝英作品集 ; 22)

ISBN 978-986-450-102-1(平裝)

857.7　　105022479